小学館文庫

家族だから愛したんじゃなくて、愛したのが家族だった ＋かきたし

岸田奈美

小学館

家族だから愛したんじゃなくて、愛したのが家族だった

+かきたし

はじめに

気がつけば、作家になっていた。

いや、本当にわたしは作家なのかしら。代表作といえるものはないし、小説や詩を書いたこともない。下手の横好きが肥《ひ》大化《だいか》して、下手の縦横《じゅうおう》無《む》尽《じん》好きのようになっただけだ。身のまわりに起こった愛しいことを言葉にして、花咲かじいさんのように四方八方まき散らしていたら、たくさんの人に読んでもらえた。ただそれだけだ。

ただそれだけなのに、わたしは大学生のころから10年勤めていた会社を飛び出すように辞めた。用意してくれた社宅をヌルリと後にし、やっとの思いで見つけた新居にて、これを書いている。

都心にある、築45年のアパートだ。外から見れば、派手にきしむ音がいまにも聞こえてきそうだがドッコイ。中はフルリノベーションで、広いしオシャレだし、快適だ。

神戸の山奥から遊びにやってきた母に見せびらかした。母はしばし言葉を失って、それから笑った。

「パパが単身赴任のとき、住んでた部屋によう似てる。好みまでそっくりなんやね」

選べるなら、わたしは美人の母に似て生まれたかった。胎児から母体にLINE《ライン》かなにかでシュッと連絡できるものならば「ひねり出すとき、そっちに似るよう上手いことやってや」と念押ししたかった。

しかし、仕上がりは自他ともに認める、父のそっくりさんだった。それもかなり高精度の。もったりとした奥二重のまぶた、天保山《てんぽうざん》のように低い鼻、熊のごとくずんぐりと丸まる背中まで再現した、ファン感涙の出来だ。悔しい。

でも、父に似て、うれしかったこともある。

それは、ものごとをおもしろく捉《とら》える思考力と、目を見張る瞬発力だ。端的にいうと父は、めちゃくちゃ唐突におもしろいことをいう人だった。わたしと母と弟は、いつもゲラゲラ笑っていた。

わたしは、父が大好きだった。

それなのに、反抗期だった中学2年生のわたしはいってしまった。ささいないい争いがきっかけで。「パパなんか死んでしまえ」って。目も合わさなかった。

その夜、父は急性心筋梗塞《しんきんこうそく》で病院に運ばれた。2週間、父は目を開けないまま、息を引きとった。

いちばん大好きな父との、最期《さいご》の会話が、いちばん伝えたくなかった言葉になった。わたしはずっと後悔していた。どれだけ泣いても謝っても、父はもうなにもいわない。

「パパね、救急車に乗るとき、何回もいってた。『奈美ちゃんは大丈夫や』『奈美ちゃんはオレに似とる』『だから絶対に大丈夫や』って。たぶん、もう自分が助からんってわかってたんやろうね」

母はいった。わたしは、父が残した大丈夫の意味を、ずっと探し続けている。っていうか、大丈夫ってなんやねん。なにをもって大丈夫やねん。わからん。そのへんもうちょっと、くわしい情報をやな、残しといてくれ。いつも発想が突飛《とっぴ》で、説明が足らんのよ。ここまで書いたすべてがわたしの後頭部にブーメランのように突き刺さっている。やはり似ている。

生きてるかどうかの規模でいくと、まあ大丈夫だ。でも相変わらず、日常はいつも予期せぬトラブルに見舞われている。

いまだって、そうだ。

ひっこし前夜になって、忘れていたふるさと納税の返礼品が届《とど》いてしまった。A5ランク黒毛和牛とかごしま黒豚と名古屋コーチン鶏が一斉に届《とど》いてしまった。冷蔵庫もテーブルもないので、泣く泣くすべての肉を焼いて一気に食べたら、あまりのうまさと量に身体が最後の晩餐《ばんさん》と認識したのか、自然と涙がこぼれた。

ひっこしを終えてホクホクしていたら、その日に水道管が破裂し、午前1時に警察が踏み込んできて縮み上がった。

人生の解像度をあげてふり返ってみると、ぜんぜん大丈夫じゃない。

ある日。ぜんぜん大丈夫じゃないわたしに、母から日記が送られてきた。父の日記だ。そういえばそんなものがあった。お葬式の日に読んだ気がするけど、さっぱり忘れていた。

ページをめくると、一文が目に止まった。

「だれか、僕が住む街の小説を書いてほしい」

そのだれかって、もしかして、わたしのことかいな。

なんとなく、そう思った。

トラブルが雨みたいに続々降りかかってくることも。悔しいからそれをおもしろおかしく考えることも。すぐさま言葉にして書いちゃうことも。

ぜんぶ、父からもらった才能だ。わたしのすべては、父との記憶からできている。

その父が、書いてほしいと望んでいるのだ。それはもう書くしかないだろう。

わたしたちが住んでいた街の小説は、まだ書いてないけど。
わたしたちがゲラゲラ笑いながら生きている些細《ささい》な話を、いまから書いてみるよ。
気がつけば、作家になっていたから。

ブックデザイン 祖父江慎＋根本匠（コズフィッシュ）

弟とわたし

弟が万引きを疑われ、そして母は赤べこになった

わたしが高校生だったころ、学校から帰ったら、母が大騒ぎしていた。なんだ、なんだ。一体どうした。

「良太が万引きしたかも」

良太とは、わたしの4歳下の弟だ。生まれつきダウン症という染色体の異常で、知的障害がある。人間の21番目の染色体が、正常では2本のところ、3本存在するとダウン症になるらしい。1本得してるはずなのに、人体とはまっこと不思議である。

「良太が万引き？　あるわけないやろ」

ヒヤリハットを、そういう帽子だと思っていた母のことなので。ニコラスケイジを、そういう刑事だと思っていた母のことなので。岸田家におけるこの手の大騒動

は、本気にしていなかった。どうせ勘違《かんちが》いだろう。

でも、母がいうには。

中学校から帰ってきた良太が、ペットボトルのコーラをもっていたそうだ。

「お金はビタ一文、もたせてなかったのに」

「文なし？」

「うん、文なし」

息子を文なしっていうのも、それはそれで、どうなんだ。

わたしは昔、いじめっ子にひどくやられたとき、拾った空のペットボトルで仕返しをしたことがある。泥水に雑草をしぼった汁を少々混ぜ込み「ジェネリック綾《あや》鷹《たか》」と称して、いじめっ子に飲ませたのだ。

果たして良太のコーラは本物なのかと確認した。でも、本物だった。

「それで、良太は？」

母のお縄についた、我が弟に目を向けると。口をへの字にしてた。めちゃくちゃ、への字にしてた。

「良太お前、これ冤罪《えんざい》やんけ！」ってくらい、見事な冤罪《えんざい》フェイス。

長い付き合いになるけど、そんな表情できたのか。ビビった。

これは、こちらの対応もそれなりに考えなければならない。

「ねえ良太。いい子だから、よ〜く聞いて……」

良太の両肩をもち、正面から見つめ、ハリウッドのいい女をうろ覚えで演じてみる。良太の表情は、びくともしない。姉のユーモアが、かっぱ寿司のすし特急のようにだだすべりしていく。

すると、良太が気まずそうに紙をとり出した。

コンビニのレシートだった。レシート、それすなわち、購入の証《あかし》である。

「良太お前、これ大丈夫やんけ！」

ああ、よかった。万引きじゃなかった。岸田家に一筋の光がさした。レシートの裏面をぴろりとめくると「お代は、今度来られるときで大丈夫です」と書かれてた。

だ、大丈夫ちゃうやんけ〜〜〜〜〜〜〜〜〜〜〜〜〜！

あせりにあせって、コンビニへと馳《は》せ参じる、岸田家。

すし特急のように気持ちが先走りすぎて、「お詫《わ》び　菓子折り　今すぐ」でGoogle《グーグル》検索したら「コンビニで買える菓子折り10選」が出てきた。

コンビニへお詫《わ》びに行くのに、コンビニで菓子折りを買えと。童話「マッチポンプ売りの少女」がはじまってしまう。これはあかん。

コンビニへ到着するなり、母が「すみません、すみません」と頭を下げた。それはもう、めちゃくちゃに下げまくった。上を下への大騒ぎである。

のちの、神戸市北区の赤べこ事件となる。

そしたら、店員さんってば、笑ってるんです。

「息子さんはのどが渇《かわ》いて、困ったから、このコンビニを頼ってくれたんですよね」

「えっ？」

「頼ってくれたのがうれしかったです！」

……えっ？　天使？　ちなみに、店員さんだと思っていた天使は、コンビニのオーナーさんだった。このときのオーナーさんの笑顔を、母は一生忘れないといった。

帰ってから良太は、赤べこからバチボコに叱《しか》られてた。

めでたし、めでたし。

それで、ここからが余談。

赤べこ事件のあと、良太はちゃんとお金をもって、コンビニへ行くようになった。

なんと、おつかいまでこなすようになった。とんでもない成長である。

「牛乳と食パン買ってきて」って試しにわたしがいって、ドヤ顔で買ってきたとき、母はちょっと泣いた。

一方、わたしは。

ご存じの通り、人としての器が刺身《さしみ》じょうゆ皿ほどしかねえのだ。弟だけがほめられるってのは、ろくすっぽおもしろくねえのだ。

良太は本当に、おつかいをしているのだろうか。

疑いをかけ、一度だけ、良太のあとをこっそり尾行したことがあった。なんといわれようと構わない。姉にも尾行する権利はある。

「こんにちは」

コンビニに入った良太があいさつすると、この前のオーナーさんとは別の店員さんが、ふり返る。

「おお！　良太くん、久しぶりだね。なにか手伝おうか？」

「だいじょうぶー」

「そっか、そっか。いつもありがとうね」

店員さんとの会話まで成立していた。姉もちょっと泣いた。

良太の発音は、不明瞭《ふめいりょう》で、わかりづらい。わたしたち家族でやっと会話の5割くらいがわかるような感じだ。それでも、店員さんとのコミュニケーションはしっかり成立していた。店員さんが、忙しくても、耳を傾けてくれたからだと思う。

だれかに会ったら「こんにちは」「ありがとう」と元気にあいさつするよう、良太に根気よく教えた、母べこもすごい。

しかし、姉べこは目撃《もくげき》した。

母べこから「おつりで好きなもん買ってええで」と許された良太は、ギリギリのギリまで、自分のおやつを買っていた。1000円札をもっていって、レジに表示された合計額を見ると、1101円だった。

すると、店員さんがこっそり「これ減らしたらちょうどいいよ」と、商品を抜いた。998円になっていた。母べこに返すおつり、わずか2円。稲葉浩志《こうし》が生まれなかったらB'z《ビーズ》の「ギリギリchop」という歌は、良太がしたためていたと思う。

姉べこは先回りして帰宅するやいなや、鬼の首をとったかのように「良太、ズルしてたで！　わたしやったら完璧におつかいできる」と自慢したら、母べこは引いていた。

姉べこだってほめられたいのだ。

そんなこんなで今日も良太は、ひとりで散歩し、バスに乗り、コンビニで買いものしている。でも、本当はひとりじゃない。

良太には、できないことがたくさんある。補《おぎな》ってくれているのは、地域の人たちだ。バスの運転手さん、コンビニの店員さん、犬の散歩をしているおじいさん。元気にあいさつをする良太をあたたかく見守って、つまずいたら、手を差しのべてくれている。

その度に、赤べこの家族は、お礼をいいに行く。

相手は口をそろえて「こちらこそうれしかった」といってくれる。

「障害のある人とどう接したらよいか、良太くんから教えてもらった」ともいわれた。

良太の小学校の同級生のお母さんから「うちの子、良太くんと一緒のクラスになってから、自分の弟にも優しくなったんです」といわれたとき、赤べこの親子は、わんわん泣いた。

神戸市北区の新しい工芸品となるくらい、わんわん泣いた。

最近、気づいたことがある。助けられてばかりの良太だけど、良太だって、人を助けている。母べこは車いすに乗っているので、坂道の多い地元では、気軽にコンビニへ行けない。そのくせ、脈絡《みゃくらく》なくいきなりどん兵衛が食べたくなるそうだ。だから、おつかいに行ってくれる良太は、母べこのヒーローだ。

車いすの押し方だって、姉べこより良太の方が上手い。街中で車いすの人が困っていたら、良太はきっと、だれよりも先にかけつけるはずだ。

さあ行け、良太。
行ったことのない場所に、どんどん行け。
助けられた分だけ、助け返せ。
良太が歩いたその先に、障害のある人が生きやすい社会が、きっとある。
知らんけど。

奈美にできることはまだあるかい

弟の良太と、滋賀へ旅行することになった。

以前書いた、「弟が万引きを疑われ、そして母は赤べこになった」という記事が、ありがたいことにネットで大変な話題になった。

掲載していたのが「note《ノート》」というブログサービスなのだが、note《ノート》には投げ銭機能というものがあり、そちらも大変な大入りになった。

たちまち岸田家は、盆と正月が一緒に来たような大騒ぎとなったわけである。

実家に帰ったら、父の仏壇《ぶつだん》にいつもそなえられてる「ぼんち揚（155円）」が、播磨屋《はりまや》本店の「朝日あげ（500円）」になってた。ここで思い切って千疋屋《せんびきや》のメロンにいけないところが岸田家らしい。

さて。だれのおかげで得られたお金だい？

良太だ。

奈美にできることはまだあるかい？

あるのだ。


そんなわけで、投げ銭で良太とのふたり旅が決まった。

なぜ滋賀県を選んだかというと、なんとなくだ。強いていえば、行ったことのない場所で、良太が好きな温泉があるところでしぼりこんだ。

母に「楽しんでね」と、それはそれは盛大に送り出された。

出発して7分後に、iPhone《アイフォーン》が震えた。母からのメッセージが入っていた。

「無事か？」


早くねえか？

まだ駅にすら着いてないんだけど。

今日、このペースで連絡くるの？

えっ、ほんとに？

最寄り駅へ歩いていくだけなのに「もう少しで雨止むらしいけど、天気は大丈夫か？」などの連絡が、まあまあなペースで届《とど》く。天気なら家の窓から見えてるだろ。

どんだけ心配なんだ。たぶん、藤岡弘探検隊の類《たぐ》いだと思われている。

めんどうなので、オオアリクイと死闘《しとう》していることにしようと思った。

神戸電鉄三田線の無人駅に到着して、電車を待っていたらば。

全然知らないおばあちゃんが近づいてきて、良太に話しかけた。

「ペットボトルのフタが開かなくて……助けてくださる？」

えっ。

びっくりしているわたしをよそに、良太はペットボトルを受けとり、開けた。余裕で開けた。

おばあちゃん、それはそれは喜んでくださって。

「お礼に、ジュースおごってあげるわね」

おばあちゃんと一緒に自動販売機《じどうはんばいき》へ向かう良太。選んどるがな。ものごっつ流れるように、ジュース選んどるがな。

いま、一体、なにが起きた。優しい世界の超新星爆発か。

いや、なにがってね。見るからに障害のある人と、その付き添いの人が一緒にいたら、付き添いの人に話しかけるケースが大半なの。悲しいけど。わたしは慣れっこだったの。

でも、おばあちゃんは、真っ先に良太へ話しかけたもんだから。

「なんで弟に話しかけてくれたんですか？」

おばあちゃんは不思議そうに、首をかしげた。

「だって男の子だから、力もちだと思って。ご迷惑《めいわく》だったかしら？」

赤べこの可動域に、突如として左右が加わった。

わたしは首をぶんぶんふり「めっそうもないです」といった。急に農民が憑依《ひょうい》した。

電車に乗ると、またもや知らない女の人が、良太に声をかけてきた。

「わあっ、岸田くん？　いやーん、久しぶり！」

RPG《アールピージー》ゲームと錯覚《さっかく》するかのごときエンカウント率。めちゃくちゃ楽しそうに女の人と良太が話してんだけど、わたし、一切、紹介してもらえねえの。良太に。

姉ちゃんをな。姉ちゃんを、紹介してくれ。頼むから。ひとりにしないで。置いていかないで。

っていうか、いつの間に、そんな人脈を築いてるんだ。もはやわたしよりコミュ力高いし、友だち多いだろう。ちくしょう。

女の人と別れ、電車を乗りかえる。兵庫県から滋賀県は、まあまあ遠い。ふわあとあくびすると、良太が「駅に着いたら起こす」というようなことを申し出てくれた。

姉はもう感動しちゃって。ずいぶん立派になったもんだと。

「えっ、そう？　悪いねえ、ガハハ」ってな具合で、目を閉じた。

でも、1分くらいした後、なんだか嫌な予感がして。となりを見ると。
良太が爆睡していた。この世で信頼してよいのは、己《おのれ》のみである。
京都駅で一旦降りて、お昼ご飯を食べた。
満腹のお腹をさすりながら店を出たら、良太が「あっ」と声をあげて、走って行った。
うそだろ、逃亡しやがった。
お、終わった……。
旅の強制終了に絶望していたら、良太が戻ってきた。手には、わたしのスーツケース。
わわわわわ忘れてた！　衣服という衣服を、すべて失うところだった！
ごめん、ごめんよ、疑ってごめんよー！
そう、良太はいつも、胸ポケットのある服を選んで着ている。チケットや小銭をなくさないように、しまっておくためなのだが。基本的に手のひらにおさまるサイズのものはことごとく紛失《ふんしつ》していくわたしは、いつも良太にあずけていた。

良太もそれをわかっていて、わたしが切符を買うと、すぐに手を差し出して、ポケットにしまってくれる。いい奴なのだ。

もうお気づきだと思うが、全体的に、姉より弟の方がしっかりしているのだ。のび太のように、秒で寝落ちする以外は。

マナーとかもね、ほんと、ちゃんとしてる。

食事を運んでくれる店員さんにも、JR《ジェイアール》の改札で切符を受けとる駅員さんにも、エレベーターでボタンを押してくれる外国人さんにも、ドアを開けて迎えてくれるタクシーの運転手さんにも。

どんな人にも、ペコッと一礼するんですわ、良太は。

これが、案外いい感じで。

相手は最初「こんなことで？」って感じでキョトンとしたあと、ニコッと笑いかけてくれる。心なしか、切符の受けとりや運転なんかも、丁寧《ていねい》にしてくれる気がする。たぶん。

研修中の名札をつけた店員さんは、こわばった顔が、フッと解けていた。よかった。

まあ、そういう世話焼きな良太にね、味をしめるのがね、わたしですよね。甘やかせば甘やかすほど、堕落《だらく》していくことに定評があるわたしですよね。

本日のお宿、滋賀県おごと温泉旅館・里湯昔話　雄山荘《ゆうざんそう》に到着した。

部屋に通されるなり、わたしが花火のように脱ぎ散らかした服を、良太はせっせと片付けてくれた。ちなみに、「まったく奈美ちゃんは」とめちゃくちゃ叱《しか》られた。

わたしは思い切って、小さな露天《ろてん》風呂つきの部屋を予約したのだった。小さなころから良太は温泉やプールなど、水に触れることが大好きだ。心が落ち着くらしい。実は、良太のようなダウン症の人には多い傾向だ。

でも、良太の場合鍵《かぎ》付きロッカーやボタン式の水道の仕組みがわかりづらいので、ひとりで大浴場に行くのはちょっとむずかしい。

それで、露天《ろてん》風呂付きの部屋にしたのだが、良太は朝も夜もずーっと、プカプカ浮いていた。海坊主《うみぼうず》のようだった。

さらに感動したことがあった。良太は本当に、みようみまねでちゃんと生きてきたんだなと思った。

わたしが浴衣着てるの見て、自分で浴衣を着ていた。

わたしが懐石料理のお鍋をつくってるのを見て、自分でお鍋をつくっていた。

経験がないことも、おそれず、挑戦する。失敗するはずかしさとかも、良太にはない。

もっと身近なたとえをすれば。言葉が通じない国に行ったとしても、良太はうまくやっていけるんだろうな。頼もしいな。

翌日。

わたしがムニャムニャいいながら起きたら、良太は自分でお湯をはって、露天《ろてん》風呂に入っていた。順応しすぎで、やりたい放題である。

宿を発ち、滋賀観光へ足を踏み出した。

大津港で、ミシガンという遊覧船に乗った。プロのMC《エムシー》が乗っていて、マイク片手に愉快《ゆかい》なトークあり、本格的な歌ありで、ものすごくよかった。

乗船前、わたしが「しばらく陸に上がれなくなるよ」と、適当な冗談《じょうだん》をいったら。

良太が、陸に向かってしばらく敬礼していた。

めちゃくちゃ、陸に礼節をつくしていた。

めちゃくちゃ、うそついてごめんなと謝《あやま》った。

話題の絶景スポット、びわ湖バレイも訪れた。ここでスペシャルゲスト・写真家の別所隆弘さんが合流した。滋賀県出身、滋賀県在住の別所さんは、ツイッターでわたしたちの旅を見て、いてもたってもいられず撮影にかけつけてくれたのだった。とんでもなく、いい人である。そして、とんでもなく、よい写真ばかり撮ってくれた。

『美味しんぼ』の海原雄山《かいばらゆうざん》を彷彿《ほうふつ》とさせる堂々とした座り姿で、リフトを堪能《たんのう》する姉弟。

すしざんまいの社長を彷彿《ほうふつ》とさせる立ち姿で、感謝の意を表す姉弟。

それはそれは、よい写真ばかりだった。

良太は、車を運転して送ってくれる別所さんにずっと「車、いくら?」「車、高かった?」「車はお金で買った?」「1万円くらい?」と聞いていた。なんなんだその執着心《しゅうちゃくしん》は。

びわ湖バレイの頂上から、絶景をながめた。人も温泉も景色も、すべてがすばらしかった。赤べこの記事を書いたとき「助けられた分、助け返せ」と、弟に願いをかけてたんだけど、本当に行く先々でわたしをふくめて人を助けていて、びっくりした。

ところで先日、投資家の藤野《ふじの》英人《ひでと》さんにお会いして、こんな話を聞いた。

「日常でお金を使うか迷ったときは、投資の視点で考えるといいよ。自分にとって一番、リターンの大きい使い方をするように」

わたしにとって、大きいリターンってなんだろう。ちょっと考えて、それはやっぱり、母や弟と、行ったことのない場所に行くことだと思った。

障害があるからってあきらめていた場所にも、行くことができたらうれしい。わたしたちが行くことで、出会った人が少しだけ笑顔になってくれて、その体験を書いたら、もっと多くの人に知ってもらえて。勇気と幸せの連鎖が広がる。そうしたらわたしは、飛び上がるほどうれしい。リターンははかりしれない。

だからみなさん、よければ、わたしたちの旅を見守っていてください。これからも、どこにでも、どこへでも。

どん底まで落ちたら、世界規模で輝いた

「心身《しんしん》の不調」というのがある。前に一度「身心の不調」と書き間違えた。でも、これは心身が正しい。その漢字の順番通り、わたしはまず、心の調子が悪くなり、そのあとすぐに、体の調子も悪くなった。言葉というのはうまくできている。

そんなわけで、大学生のときから、10年ずっと勤めていた会社を、はじめて休職した。

休職したかったわけではない。

でも、会社が入っているビルのエレベーターに乗りこんだ瞬間、気づいたら床に座りこんで、息ができなくなっていた。悲しくないのに涙がぼろぼろこぼれた。

これは、もう、アカン。そしてわたしは働くことができなくなった。

しかし2か月後には、会社へ華麗に舞い戻っていた。それから1年後に会社を辞めるまで、わたしは休職する前以上に、元気もやる気も満々で働くことになる。

そのきっかけになった話を、少しだけ。

休職の2か月間、なにしてたかっていうと、寝てた。陸に打ち上げられたトドのようだった。でもたぶん、トドの方がまだ動いていると思う。

めちゃくちゃ、疲れるの。なにもしてなくても。

とにかく気分の浮き沈みが激しくて、自分の心に身体がついていかない。安全バーなしのジェットコースターに乗ってるようなもん。

落ちたら死ぬので、とにかく車体にしがみついて、ふりまわされるしかないって感じ。

ジェットコースターへ乗ることになってしまったきっかけは、仕事で関わった、とある人の、とある心ない言葉だった。

365日中、364日のわたしだったら「ふーん」と一笑して終わってたはずなのに。

たまたま、その言葉をぶん投げられた日は、ダメな方の1日だった。エアポケットみたいに、ドーンと落ちた。

1回落ちると、もう、本当にダメだった。お手上げ。

2年くらい前、わたしと同じような状態だった知人に話を聞いたことがある。

知人は「必要以上に自分を責め続ける」とか「被害妄想《ひがいもうそう》がひどくなる」とか、自分の心がコントロールできないことに悩んでいた。

そのときは「大変だなあ」くらいにしか思ってなかったけど、いまになって、めちゃくちゃわかる。わかりすぎる。

多分、人って、原因がわからないというあいまいで気持ち悪い状態を、本能的にきらうんじゃないかな。

だから、無理矢理にでも、原因を自分にしちゃうんじゃないかな。

そういうふうにできてるんじゃないかな。

わたしは、とにかく自分を責めていた。

「あの人が心ないことをいったのは、わたしの仕事の能力が低かったからだ」

「自分だけ休んで、みんなに迷惑《めいわく》かけて、わたしは本当にダメだ」

毎日、毎日、寝ても覚めても、そんなことを考えていた。

よろよろとした足どりで、コンビニへご飯を買いに行ったときなんて。コンビニの店員さんがお弁当におはしを入れ忘れていただけで。

「ああ、わたしの態度が気に入らないから、わざとおはしをくれなかったんだ」

家に帰って、くやしくて、情けなくて、泣きつかれて眠る日もあった。店員さんが気の毒なほど被害妄想《ひがいもうそう》もはなはだしいが、本気でそう思っていた。

それからわたしは、ひまさえあれば、いかに自分がダメな人間かを考えはじめた。そうすることで、落ち込んでいる自分を正当化したかったのかもしれない。

昔から、すれ違う人によく舌打ちされる。あまりにも舌打ちされるもんだから「大阪の人は怖いなあ」「東京の人は冷たいなあ」「名古屋の人はせっかちだなあ」

と、偏見《へんけん》にまみれた地方性のせいにしていた。おろかである。

これね、実は、わたしの歩き方がおかしかったの。

前を見ているつもりが、なぜだか向かってくる人に気づけず、衝突《しょうとつ》寸前。

まっすぐ歩いてるつもりが、知らないうちに、ななめに歩いてる。

注意力が散漫《さんまん》で、無意識に遠くの看板《かんばん》を読んだり、走る車をながめたりしている。

これ全部、同僚から「そんな歩き方してるから、ぶつかるんだぞ」とあきれられて、はじめて自分のせいだと知り、愕然《がくぜん》としたわけで。


基本的にわたしの発する言葉は情報過多であることにも気づいた。

興味の移り変わりの激しさが3歳児のそれなので、対話でもプレゼンでも、話している最中に、思ったことや目についたことを、突拍子もなく話してしまう。

営業で30代女性をターゲットにしたサービスの定義の話をはじめたはずが、いつの間にか、カタツムリはコンクリートを食べるという話に変わっていたりする。

話したいことが、売れる前の五木ひろしの名前並にコロコロ変わる。

自分では止められなかった。そもそも自覚がなかった。

空気のおかしさを感じ、ハッとしてしゃべるのを止めたら、周りが苦笑いしている。会社で営業をしたころは、同席していた上司によく「新しい案件のヒアリングなのに、お前ばっかり話してたな」とあきれられた。

そしてなにより、細かいことを丁寧《ていねい》にやるのが、大の苦手だった。

事務処理やスケジュール管理なんて、上手にできたためしがない。

経費処理に使う大量の領収書を、申請日ギリギリになくしてしまい、半泣きで家を探しても見つからなかったことがある。飲まず食わずで探し続けたので、疲れ果てて、せめて米を炊いて腹ごしらえしようと空の炊飯器を開けたら、領収書の束が出てきた。なんでだ。

みんなが当たり前にできることが、できない。

守るべきルールが、守れない。

どうにかがんばってみても、失敗ばかり。

ああ、わたしは、他人に迷惑《めいわく》をかけるために生まれてきた非常識人間だ。

そんなコンプレックスとともに、ずっと、生きづらさを感じていた。

でも、理解のある家族や友人に支えてもらって、なんとかやってきた。やってきたと思っていた。

でも、だめだった。27年間生きてきたけど、自分に自信なんてこれっぽっちももてなかった。ドラクエでいうなれば、27年間、ひのきの棒《ぼう》と布の服で、はじまりの村のまわりをぐるぐるうろついていただけだった。

心のシャッター閉店ガラガラ状態のときに。

わたしは4歳下の弟・良太と、1泊2日の旅行をすることになった。

良太は、生まれつきダウン症という染色体の異常があり、知的障害もある。みんなと同じように話すことはむずかしいし、むずかしい話もわからない。でも、勉強なんてできなくても人は優しい真心さえもってればよいのだというのを地でいく、よくできた弟だ。

良太は、姉がトド化している原因なんてもちろん、よくわかってない。でも、毎日じわじわと肥《こ》えていくトドがリビングを占拠《せんきょ》しているもんだから、「どっか行こ」といってくれたのだ。

弱りきったわたしでも、弟を楽しませることくらいは、できるだろうか。

行き先は「人間さいねえところへ行くだ」という閉ざしきったわたしの希望と、「USJに行きたい」という良太の希望をすり合わせることにした。

「人がいない」「テーマパーク」という、矛盾《むじゅん》したふたつの言葉をGoogle《グーグル》検索に打ちこんだら、三重県のパルケエスパーニャがヒットした。なんと、公式が「人がいないから、並ばずにアトラクションに乗れる！　最高！」と自虐的に告知していた。たのもしいやら悲しいやらでなんともいえない気持ちになり、行き先はそこに決めた。

久しぶりに、長いこと外へ出た。太陽の殺人的なまぶしさにげんなりしながら、無事に三重までたどりついた。

パルケエスパーニャへ向かうバス停で、わたしは度肝《どぎも》を抜かれた。バスを待つそこそこ長い列に並んでいた。むこうの交差点からバスが近づいてきたとき、列を整理していた係員さんが「両替ができませんので、小銭のご用意をー」といった。

わたしは、かざす気満々で手にしていたSuica《スイカ》を、とり落としかけた。これでスマートに乗車する気だったのだ。小銭なんぞ、ねえのだ。

しかし、このバスに乗り遅れれば、開園時間には間に合わない。

やわらかな春の風ふき込む伊勢志摩《いせしま》の片隅で、青ざめてパニックになるわたし。

なにを思ったか、わたしは良太に1000円札をにぎらせた。そして、親指と人差し指で輪っかをつくって見せる。「銭」を示す下世話《げせわ》なジェスチャーであった。

「なんか、ホラ、あのインフォメーションっぽいところで、くずしてきて！」

弟に、一抹《いちまつ》の望みを託《たく》したのだ。

なに食わぬ顔でうなずき、のっしのっしと、たくましく歩いていく良太。その背中を見送りながら、わたしは全力で後悔した。

間違えた。良太が列にならんで、わたしがくずしてきた方が、よかった。

そもそも良太に、札をくずす、という言葉が伝わるのだろうか。きっと両替すらしたことはないだろう。

ああ、良太にも申し訳ないことをした。バスはあきらめて、次のを待とう。

わたしがあきらめてからほどなくして、良太がのっしのっしともどってきた。

左手に小銭を、右手にコカコーラのペットボトルをもって。

その、堂々たる勇姿ったら。背中から光が差しこんで見えた。

わたしは、雷《かみなり》に打たれたような衝撃《しょうげき》を受けた。

なぜ良太は、やったこともない両替を、やってのけたのか。

たぶん、こんな感じのことを考えたんだと思う。

「姉ちゃんが丸いお金を欲しがってる」

「そういえば、自動販売機《じどうはんばいき》に紙のお金を入れてジュースを買ったら、丸いお金が出てきたはず」

「どうせなら、ぼくが好きなコーラを買っとこう」

良太は、インフォメーションで両替をしたことはない。でも、自動販売機《じどうはんばいき》でジュースを買ったことはある。

だから、そういう行動に出たのだ。

良太は、これまでの人生で得てきたなんとなくの経験値と、まわりの大人のみようみまねで、わたしの窮地《きゅうち》を救ってくれたのだった。ほんまかどうか、わからんけど。

ひと仕事を終えた良太は、パルケエスパーニャに向かうバスで、悠々《ゆうゆう》と寝ていた。首がとれるんじゃないかと思うくらい、ゆれに合わせてガックンガックンしてて、まわりの子どもから笑われてたけど、ちらっと彼らを見ただけで、意にも介さず寝ていた。

すごいなあ。

ただただ、思った。

良太は小学生のころ、わたしよりもまっすぐ歩けなかった。わたし以上に注意力散漫で、すぐに道路に飛び出すから、ずっとパーカーを着せられていた。母やわたしが、いつでもフードを引っぱって、無理やりにでも飛び出すのを防ぐためだった。言葉も慣習もわからない。思っていることをうまく伝えられない。

そんな良太を、わたしは、助けてあげなければいけないと、きっと心のどこかで思っていた。

でも、良太は良太なりに、24年間を生きてきて、いろんな「みようみまね」を覚えていたのだ。

だれに笑われても、あわれまれても、まったく気にせず。

もぐもぐ食べて、すやすや眠り、げらげら笑い、大人になっていた。

そして、わたしを助けてくれた。

だれにも、なにも、教えてもらっていなかったはずなのに。

もしかして、助けてあげなければいけないどころか、良太はわたしよりたくましい存在かもしれないと思った。

たとえば、いまこの世界に、空から宇宙人が襲来《しゅうらい》してきたとして。

言葉も文化もわからない宇宙人に、人類はパニックになるだろう。

争いか差別かが、きっと起こるはずだ。受け入れることは、はねのけることよりはるかにむずかしい。

でも、きっと、人類でだれよりもはやく彼らと共存できるのは、良太なんじゃないか。

だって、良太にとっては、当たり前だったから。

なにもわからなくても、みようみまねで、なんとかしてきたから。

なんとかする、という自覚すらないまま、限りなく自由に、生きてきたから。

そういう、世界規模で強い人間が、身内にいたってことに、感動をかくせなかった。

ずいぶん話が飛躍《ひやく》したので、戻そう。

良太の強さを目の当たりにして、わたしは目が覚めた。人と同じようにできない自分を、迷惑《めいわく》をかけている自分を、恥ずかしく思ったり、情けなく思ったりしていたのは、だれでもない、自分だった。

他人じゃない。全部を自分のせいだと決めつけて、勝手に落ち込んでいたのも、自分だった。でも良太を見てみろ。当たり前のことをうまくやれなくたって、彼の人生はうまくいってる。楽しくやれてる。楽しくやらない方が、損なのだ。両替するために、コーラだって飲んでいいのだ。

とんでもなく楽しい旅行を終えたとき。わたしはなんとなく「ああ、もう大丈夫かも」と思った。その直感はあたっていて、少しずつ、少しずつ、大丈夫になった。

それからしばらくして、わたしは会社へと復帰した。良太のみようみまねで、くよくよ悩むことをやめてみた。人の目を気にすることをやめてみた。

あのとき、良太が買ってきたコーラは、一口もわたしにくれなかったけど。

もしかして両替っていうより、自分がただ飲みたかっただけじゃないの、ってちょっとだけ思ったけど。

宇宙人の襲来《しゅうらい》を心のどこかで願いながら、旅を終えたわたしは、今日も元気に、みようみまねで生きている。

母とわたし

母に「死んでもいいよ」といった日

大阪にある、落ち着いたとは口がさけてもいえない喫茶店《きっさてん》で、新聞社の記者さんの取材を受けていたときのことだ。

両どなりでは、4人組のオバチャンたちが、怒濤《どとう》のおしゃべりをくり広げていた。会話の8割が「ちゃうねん」「そんでな」「聞いた話なんやけど」からはじまっていた。

こっちの記者のおしゃべりも、負けていなかった。

「岸田さん、ヤフーニュース見ましたよ」

その日、わたしと母にまつわる話が、ネットニュースでとり上げられていたのだ。

「お母さんに『死んでもいいよ』っていうなんて、すごいですね」

ぴたり。急にオバチャンたちが、静まり返った。

待て待て待て。

「しかもパスタ食べながらいったんでしょ。しっかりしてるなあ」

わたしをほめる記者に、悪気がないことはわかっていた。しかし情報の切りとり方がやばいので、風評被害がやばい。わたしの視界で認識できる限りのオバチャンは、口元に手を当てて、わたしを凝視《ぎょうし》していた。いやちょっとは遠慮《えんりょ》してくれ。

わたしは決して、パスタを食べながら、母親に死ねといった娘ではない。

わたしは、母と弟の3人家族だ。中学生のころに父が心筋梗塞《しんきんこうそく》で急逝《きゅうせい》した。4歳下の弟は、生まれつきダウン症で知的障害があった。

母と弟は性格がとても似ている。いつも穏やかで、優しい。わたしの役割は、そんなふたりを父に代わって、アホな言葉とバカな行動で、とにかく笑わせることだった。わたしたち家族はそうやって、明るく楽しくまわっていた。

わたしが高校1年生のとき、自宅で母が倒れた。

「ご家族の責任者は、どなたでしょうか」救急車で運ばれた先の医師がいった。

かけつけてくれた祖母は高齢で、わたし以上に呆然《ぼうぜん》としていた。弟は、むずかしいコミュニケーションをとることができない。

母はすでに、意識不明だった。

「わたしです」反射的にいった。責任とは程遠いほど、震えた声だった。

「お母さまは極めて重症です。このまま手術をしても、手術中に亡くなる確率は80%を超えます」

「……手術をしなかったらどうなるんですか」

「数時間後にかならず亡くなります」

手術をするならば、同意書にサインを、と求められた。

わたしは、迷ってしまった。

父と最期《さいご》の会話が叶《かな》わなかったことを、わたしはずっと後悔していた。このまま手術室に入って死んでしまうくらいなら、一時的だったとしても、最期《さいご》にゆっくり話す時間をつくってもらった方がよいのかもしれない。

そんなことを、思ってしまったのだ。

でも、結局、母の命をあきらめることなんてできなかった。わたしは祖母と一緒に、同意書へサインした。

本来なら、未成年のわたしではなく、判断は祖母にゆだねられるべきだったのだと思う。でも、この先、母とともに生きていく時間が長いのは、子どものわたしだ。わたしが後悔しないように決めた方がよいという医師の思いやりが、本当にありがたかった。

もし、祖母がひとりでサインしていたとしたら、わたしは祖母にすべてを背負わせることになっていたかもしれない。

6時間もの大手術のあと、母は一命をとりとめた。

集中治療室で、眼を覚ました母と話した。安心やら疲労《ひろう》やらなんやらで、腰が抜けそうになった。

でも、命と引きかえになったものもある。母は下半身の感覚をすべて失った。一生歩けなくなったのだ。

「車いす生活になるけど、命が助かってよかったわ」

母は笑っていた。あのときホッとしたわたしを、わたしはなぐってやりたいといまでも思う。

母はそれから2年間、入院した。それまで歩けていた人が、急に歩けなくなるというのは、想像を絶する苦しみだ。ベッドから起き上がるどころか、寝返りすらも打てない日々が続いた。毎日、毎日、母は車いすに乗り移る練習をくり返していた。

「大丈夫やで」という母は、大丈夫ではなかった。

ある日、高校からの帰り道、病院へお見舞いに行ったときのことだ。その日も母はめちゃくちゃ元気だった。

「じゃあまた来るから」と病室を後にして、携帯電話を忘れたことに気がついた。引き返すと、病室でだれかがわんわん泣いていた。

まさか母なわけないよな、と思った。そのまさかだった。

「もう死にたい」母の声が聞こえた。聞いているのは、看護師さんのようだった。

「歩けないわたしなんて、ヒトじゃなくて、モノになったのと同じ。子どもたちにしてあげられることもない。生きてても仕方ない」

ああ、母は本当は、とっくに限界を越えていたのだ。早くかけ寄って、なぐさめないと。でもわたしは一歩も、動けなかった。

「死んだ方がマシだった」

母の本音を聞いて、息ができなくなった。わたしのせいだ。

わたしが手術の同意書にサインをしなければよかった。生き地獄に、母を突き落とすこともなかった。どうしよう、とり返しのつかないことをしてしまった。

母にようやく、外出許可がおりるようになった。母は、わたしが病室の外で聞いていたことを知らなかった。わたしばかりが焦《あせ》っていた。

だから、ふたりで街へ出かけようといった。母が好きなお店に行けば、きっと元気になってくれる。そう思った。

母はとても喜んでくれた。でもそれも、最初のうちだけだった。

駅に到着したまではよくても、地上へ出るためのエレベーターが見つからなかった。ようやく見つけても、故障や節電で動いておらず、駅員さんを探して30分もさまよった。

人ごみで、車いすが何度も歩いている人にぶつかった。「すみません」「ごめんなさい」「通してください」わたしたちは、何度もくり返した。

楽しみにしていたお店は、ぜんぶ階段があったり、通路がせまかったりして、車いすでは入ることができなかった。歩いていたときは、こんなの気づかなかったのに。

さんざん歩きまわったら、身も心もヘトヘトになった。ようやく入れるカフェを見つけ、席についてパスタとジュースを注文すると、途端《とたん》に母は泣き出してしまった。

「ママと一緒にいたら大変やんね。迷惑《めいわく》かけてごめん」

「そんなことないで」

「あのね、ママね、ずっと奈美ちゃんにいえなかったことがあるねん」

なんとなく、いいたいことはわかっていた。

「ほんまは生きてることがつらい。ずっと死にたいって思ってた」

あんなに優しくて明るかった母が、わたしの前で泣いた。母の涙を最後に見たのは、父のお葬式だ。知人から「つらいと思うけど、母親のあなたが泣いたら子どもたちが不安になるから、見えるところでは泣かないで」といわれたことを、律儀《りちぎ》に守っていた母だ。

「そんなこといわないで」「死なないで」そういう言葉は、ひとつも口をついて出てこなかった。わかっていた。そんな言葉がなんの力にもならないほど、母が絶望していることを。

わたしは、運ばれてきたパスタをパクパク食べながらいった。なにかしていないと、わたしの方が泣いてしまいそうだった。

「ママ、死にたいなら、死んでもいいよ」

母はびっくりしたように、わたしを見る。

「死ぬよりつらい思いしてるん、わたしは知ってる」

母を追いつめたのは、手術同意書にサインしたのはわたしだ。わたしが母の死にたいという気持ちを、否定してはだめだ。

そう思って、いった。でも情けないことに、母の顔を見ていると「やっぱり死んでほしくない」というわたしの本音もわき上がってくる。

パスタを食べながら、続けた。

「もう少しだけわたしに時間をちょうだい。ママが、生きててよかったって思えるように、なんとかするから」

「なんとかって……」

「大丈夫」

でまかせだった。不安そうな母に、わたしは笑っていった。

「2億パーセント、大丈夫！」

でまかせは少しずつ、本当に少しずつ、現実になっていった。わたしは母が生きていてよかったと思える社会をつくるため、福祉と経営を一緒に学べる日本にひとつしかない大学へ進学した。そこで、ふたりの学生と出会い、株式会社ミライロの創業メンバーになった。3年後、母を雇用した。

母は見違えるほど、明るくなった。「歩けないなら死んだ方がマシ」ではなく「歩けなくてもできることはなんだろう」と、わたしと母は考えるようになった。

絶世の聞き上手だった母は、入院していたとき、病室に見舞客がたえなかった。最初は友人や親戚ばかりだったのだが、いつの間にか、看護師や理学療法士なども集まってくるようになった。みんな母に話を聞いてもらいたいのだ。予約表なるものがベッドサイドに登場したとき、わたしは度肝《どぎも》を抜かれた。

それは絶対に仕事にした方がいい、というわたしの説得により、母は猛勉強の末、心理セラピストになった。

いまでは聞き上手どころか話し上手にすらなってしまい、年間180回以上の講演をしている。さらに手動装置を使い、手だけで車を運転する免許まで手に入れ、車をひとりでブイブイ運転するようになった。

「死んでもいいよっていわれたら、生きたくなった」母は笑う。

この一連の話が、ネットニュースでとり上げられたというわけだ。

「2億パーセント大丈夫。死にたい母に娘が放った言葉とは」

こんなタイトルだったと記憶している。よく聞かれるのは、2億パーセントという数字がどこからやってきたのか、だ。

母に本音を打ち明けられた、あの日。わたしは母の肩越しに、壁にはられたポスターを見ていた。

宝くじ　ドリームジャンボ2億円。

人はパニックになったとき、視界に入った一番大きな数字にすがりつくのかもしれない。最大限の大丈夫を伝えたかったわたしが選んだ数字が、2億だった。ただそれだけ。ドリームジャンボ級の奇跡が、ここで起こったというわけなのだ。

ミャンマーで、オカンがぬすまれた

土ぼこりと魚醬《ぎょしょう》の匂いがするミャンマーの市場で、わたしは立ちつくしていた。

車いすに乗る母の背後には、なぜか子どもの托鉢僧《たくはつそう》が、何人も連なっていた。その場から動けば、ついてきて。そしていつの間にか、増えていて。

きみたちは、あれか。ピクミンか、なにかか。

「どうしよう……」母は困り果てた顔で、わたしに助けを求めた。

もちろんわたしは見て見ぬフリをした。

奇怪《きかい》な状況すぎるので、実の親であろうとも迷いなく他人のフリをした。全力で演じまくった。演技などしたことがなかったわたしが、ミャンマーの地で、倍賞《ばいしょう》千恵子《ちえこ》を彷彿《ほうふつ》とさせる名女優になった。

わたしたちは、日本財団さんに招かれ、お仕事をするためにミャンマーへやってきた。いまだからいえるが、この話をいただいたときは「ありがてえ」と「おっかねえ」の感情が、ハーフ&ハーフだった。

ミャンマーはアジアの後発開発途上国。最貧国といわれることもある。インフラの整備状況は、50年前の日本に近い。

わたしは想像した。きっと道路はひび割れや砂利《じゃり》だらけ。エレベーターどころか、スロープさえもあるのかあやしい。そんなところを、車いすで移動できるイメージが、まるでわかなかった。おっかねえ。

わたしと母が海外出張するときは、内容に関わらず、いつもふたりセットだ。

ペーがしゃべるなら、パーも。

ミッチーが出るなら、サッチーも。

ひろ実が行くなら、奈美も行かなければならないのだ。

わたしは腹をくって、ミャンマーへ飛んだ。

ヤンゴン国際空港に降り立ち、迎えの車に乗り込んだ。窓から街をながめてみる。道路や階段の状況は、入国前の想像と寸分たがわぬ絶望っぷりだった。そら見たことか。

最初の目的地であるレストランに到着し、バスを降りる。わたしはとても緊張していた。なぜなら、お仕事で呼んでもらっているのだから、ちゃんとしなければならない。車いすでの移動にもたついて、まわりの方々を待たせるなんて、やってはいけないのである。

しかし、その心配は一瞬で立ち消えた。

一瞬でふたりの青年がやってきて、一瞬で母の車いすを押していったからだ。

えっ？

あまりの流れるような展開に、わたしは思った。

オカンがぬすまれた、と。

たずさえてきた『地球の歩き方』には、財布とパスポートがぬすまれたときの対処法は書いているが、オカンがぬすまれたときのことまではカバーされていない。どうしよう。

でも、オカンはぬすまれていなかった。青年たちの手によって、あれよあれよという間に、母の車いすは急な坂道を越え、段差を越え。レストランの奥まった席に、母はキョトン顔で鎮座《ちんざ》していたのだった。あの青年たちは案内してくれたのか、とようやく気づいた。

すごく気のつく青年たちだなと、のんきに感心していた。しかし、ミャンマーで滞在日数を重ねるうちに、様子がおかしいことに気がついた。ミャンマーで過ごした5日間。母はほとんど自分で車いすをこがずに、移動していた。

寺院、学校、ホテル、農村、病院。いろいろなところへ行ったが、どの場所でもバスから降りた瞬間、何もいわず近づいてきて、車いすを押してくれる人が現れるのだ。

店員さんや係員さんならまだわかるが、驚《おどろ》くことにそうではない。普通の人たちなのだ。しかも、通りすがりの。男性も、女性も、大人も、子どもも。「あんたを手伝わなくて大丈夫か」といいたくなるような、ヨボヨボのおじいさんまでも。

みんながみんな、坂道では車いすを押し、階段では車いすをもち上げ、なにごともなかったかのように去っていく。

だからどんな場所でも、車いすでの移動に不自由しなかった。


さらに不思議なことがあった。

「ありがとう」と母が感謝を伝えると、助けてくれた人たちはキョトン顔をするのだ。母もわたしもキョトン顔をしているので、急にキョトン顔人口密度が爆増することになる。

こんなこと、日本ではありえない。なにもかも。

「この国では、車いすを押すフラッシュモブでも流行ってるんですか?」

わたしは、ミャンマー人の通訳さんにおそるおそる、たずねた。やっぱりキョトン顔をされた。

「ああ、それはミャンマー人が信仰している宗教のせいですね」

通訳さんの説明によると、ミャンマー人の90％近くは、仏教を信仰している。それもかなり熱心に。日本でメジャーな仏教とは少し違う、上座部《じょうざぶ》仏教といわれるものだ。輪廻転生《りんねてんしょう》、つまり生まれ変わりを信じており、現世で徳を積めば、より良い来世を送ることができると考えている。

そう。彼らはみんな、徳を積んでいたのだ。車いすに乗る母を、助けることによって。

バリアだらけの街で、車いすに乗ってボーッとしてる母は、絶好の積み徳ボーナスチャンスだったのだ。スーパーマリオブラザーズでいうところの、1up《アップ》キノコだ。

彼らは、彼ら自身の来世のために助けたのだから、相手からお礼をいわれることの方がめずらしいそうだ。だからあの反応だった。

なーにがフラッシュモブだ、わたしのバカ。

「めちゃくちゃ優しい国なんですね、すばらしい」わたしと母が絶賛すると、通訳さんは思いのほか苦笑いした。

「でも、車いすに乗っているミャンマー人はほとんど見かけないでしょう?」

ハッとした。いわれてみればそうだった。車いすに乗っているのは母くらいで、たまに見かけることはあっても、それは明らかに外国からの観光客だった。

「輪廻転生《りんねてんしょう》には、障害者は前世で悪いことをした人っていう考え方もあるんです」

わたしと母は、絶句した。

「困っていたら助けるけれど、障害者が外出しやすい環境をつくったり、働きやすい制度を整えたり……って思う人はあまりいないんです。自業自得《じごうじとく》だって考えることが多いから」

ミャンマーの農村地域では、障害者が生まれると、ずっと納屋《なや》に閉じ込めてかくし通すことすらもあるそうだ。はずかしい、と思う家族もいる。

徳を積むという行為のおかげで、わたしたち親子はミャンマーで、なにも不自由なく過ごすことができたけれど。それは、障害者が生きやすい社会とイコールではない。

翌日、ミャンマーで障害者が生きやすい環境をつくろうと声をあげている当事者団体の人たちと出会った。街の環境も、人々の意識も、少しずつ状況はよくなっているることを知ってホッとした。それでも、今日もまだ彼らは戦い続けている。滞在最終日。おみやげを買うために、わたしたちは市場へおもむいた。そこで冒頭の子ども托鉢僧《たくはつそう》ピクミン事件に戻る。

「なんでゾロゾロついてくるの？」わたしは、先頭のひとりにたずねた。

「こんな乗りもの、はじめて見たよ。これに乗ってるってことは、えらい人なんでしょ。きっと王様だよね」

なんと、車いすに乗る母様は、馬車に乗る王様だと思われていた。母様がそんなにお金持ちではないことを知った托鉢僧《たくはつそう》たちは、蜘蛛《くも》の子を散らすようにいなくなった。

それから、3年後。

わたしたちは、ニューヨークにやってきた。これもまたお仕事だった。

ニューヨークの街のバリアフリーは、設備や道路は古いものの、ミャンマーに比べればずっと進んでいた。でも、日本ほどは進んでいない。お店の入り口には階段があったり、重い扉があったり。地下鉄のエレベーターはほとんどが故障中だった。「どうしようかな」バリアに出くわす度、立ち止まってみるけれど。ニューヨーカーたちは、足早に通り過ぎていくだけだった。ミャンマーみたいに、人混みの中から突然、だれかがかけ寄ってくることはなかった。まあ、しょうがない。

タイムズスクエアにある、コンサートホールに入った。

車いす席はなく、通されたのは一般のスタンディングエリアだった。当然、母の目線からはステージが見えない。最前列ならば見えそうだったが、すでに早くから席をとっていた人たちで埋まっている。

「音だけ聴けたらいっか」母と話していると、後ろに立っている人が声をかけてきた。

「そこからじゃなにも見えないでしょ？　前に行きましょうよ」

ゴリゴリに強面で低い声の男性だったのに、しゃべり方が完全に上品な女性のそれで、いろんな意味でびっくりした。

「えっ、でも……ほかの人に悪いですし」

「大丈夫よ。エクスキューズミーっていえばちゃんとゆずってくれるわ。ニューヨーカーは心が広いんだから」

そういうなり、その人は母の車いすを押して「エクスッッッキューズミィイィィ！」と叫《さけ》びはじめた。低音が響き渡った。

「なにごとか」とみんなはふり返るものの、母を見るなり「オーケー」と、笑顔で次々に道をゆずってくれる。海を割るモーセのようだった。ついに母は、ステージがばっちり見える最前列まで来てしまった。

「ウフフ、わたしまで前に来れたからラッキー。なーんちゃって」

おどけて、その人は笑った。最高にかっこよかった。

街のことを不思議に思ったら、通訳さんに聞くのが一番よいと、わたしは信じていた。翌日わたしは、ニューヨーカーである通訳さんと会うなり、聞いてみた。

「最初はニューヨークの人、冷たいのかもって思ったんですが、誤解だったかもしれません」

「そうだね。ニューヨークは多様な人が入り交じる街なんだよ。性別、年齢、国籍、宗教も違う人が当たり前に一緒に暮らしてる。それだけみんな、考えてることもバラバラなんだ。だから、いちいち声をかけて、手助けを押しつけたりしない」

「なるほどー、手助けが必要かどうかも人によって違うってことですね」

「うん。あと単純に、人が多すぎるからね。でも助けを求めてる人となれば、話は別だよ。手伝ってってお願いしたら、快く応じてくれることが多いよ」

街でニューヨーカーたちが助けてくれなかったのは、冷たいからではなく、わたしたち親子が困っていなさそうに見えたからだったんだ。だから気にしなかったというわけだ。

最初は「ニューヨーカーってちょっと怖いね」ととまどっていた母が、3日目には「なんか居心地がいい。わたしってニューヨーカーかも」といい出しはじめて笑った。絶対に違う。

日本で暮らしていると、母はたまに気まずい思いをするそうだ。遠巻きにジロジロ見られることもある。それは「あの車いすの人、大丈夫かな?」と心配してくれているのかもしれないけど、「大丈夫だから気にしないで」と自分からいうわけにもいかず、そそくさと立ち去るしかない。

「車いすに乗ってようが、困ってなかったら放っておいても大丈夫でしょ」と、さっぱりしたニューヨーカーの対応が、母はなんだかうれしかったみたいだ。

助けるってのは、声をかけて身体を動かすより、視点を動かして相手のことを思うことかもしれない。

先まわりして助けてほしい人もいれば、放っておいてほしい人もいる。日本、アメリカ、ミャンマー、どの国の対応が心地よいかなんて、それぞれ違う。

だから「なにかできることはありますか」と、一言聞くだけでいいんだ。助けなきゃって押しつけるでも、見て見ぬふりをするのでもない。大切なことだなあ。

2020年1月はハワイに行ったのだけど、ハワイの人たちのふるまいも最高にゆるくて明るくてハッピーだったので、母は3日目に「わたしの前世はハワイの先住民だったと思う。居心地がよすぎるもん」といい出した。ニューヨーカーだったり先住民だったり、忙しい人である。

Google《グーグル》検索では、見つからなかった旅

「また家族で、沖縄に行きたいな」

入院しながらリハビリに奮闘《ふんとう》していた母がぽつりといった。わたしはそれを、絶対に聞き逃さなかった。病気の後遺症《こういしょう》で歩けなくなり、人前では笑っているものの、どこかしんどそうな母が、やっと口にした希望だ。聞き逃してなるものか。

沖縄は、父がまだ生きていたころ、家族でよく旅行した場所だった。

「わかった。退院したら、沖縄に行こう」

わたしは即座に約束した。あとから知ったことだが、母は「まさか行けるわけないだろうな」と本気にしていなかったらしい。わたしは本気だった。

それから1年が経ち、母の長い入院生活がようやく終わろうとしていた。

わたしはお見舞いの帰り、とある旅行代理店に、おそるおそる足を踏み入れた。沖縄へは行きたかったが、お店には行きたくなかった。

「車いすの母と一緒に旅行したいんです」といって、どんな反応をされるのかわからなかった。

「車いすの人だと、バリアフリーとか……ちょっとここではよくわからないので、すみません」などと、気まずそうにいわれたらどうしよう。実際にそういうことは、別のお店で何度もあった。あー、やだなあ。

あまりにも嫌だったので、Google《グーグル》で検索して出てきた適当なウェブサイトから、旅行の予約を手早くすませようと思っていたのだが。当時はいまほどバリアフリー旅行なるものはメジャーではなく、表示される旅行プランはのきなみ、車いすで行けるものなのかわからなかった。

介護つき旅行とうたったプランもあったけど、大学生になったばかりのわたしのアルバイト代では、どうにもこうにも手が届《とど》かない金額だった。

わたしと母が沖縄に行く術は、Google《グーグル》検索では見つからなかったのだ。というわけで、すがる思いで旅行代理店の門をたたいた。実際には門は自動ドアだったけど。

「いらっしゃいませ。どちらへのご旅行をお考えですか？」

カウンター越しに、店員さんと対峙《たいじ》する。わたしは身震いした。

「沖縄に行きたくて……」

「何月ごろをご希望でしょうか」

「10月くらいです」

「何名様でのご参加ですか？」

「ふたりです。わたしと母が行きます」

店員さんが慣れた手つきで、パソコンのキーボードをたたいていく。

「お母様とご旅行ですか！　素敵ですね」

店員さんがウフフと笑った。この笑顔が消えるんじゃないかと思うとビビったが、伝えるしかない。

「えっと、あの、母は車いすに乗ってて。すみません」

とっさに出た言葉はなぜか、すみませんだった。

店員さんがせっかくパソコンで調べてくれたプランはきっと、どれもわたしたちには当てはまらないと思うから。すみません。

店員さんは一瞬、キョトンとした顔をしたが、すぐにまた笑った。

「そうですか！　では、車いすで泊まれるお部屋のあるホテルをいくつか調べますね」

今度はわたしが、キョトンとした。えっ、うそ、そんなあっさり。

「車いすで泊まれる部屋があるんですか？」

「はい。バリアフリールームっていって、段差がなく広いお部屋があるんです。沖縄は観光のお客様が多いので、そういうホテルも増えてますね」

「はじめて知りました……」

「いくつか候補があるので、場所でしぼりましょう。絶対に行きたい観光地はありますか？」

わたしは言葉につまった。とにかく沖縄へ行く、ということしか決めていなかったからだ。

「うーん、あんまり考えてなくて……」

「美《ちゅ》ら海《うみ》水族館はどうでしょうか。車いすやベビーカーで観光しやすいし、人気ですよ」

美ら海水族館。ちゅらという聞き慣れない言葉に、なぜか具志堅用高《ぐしけんようこう》の顔が浮かんだが、素敵な響きだ。

「いいですねえ」わたしは間髪《かんはつ》を入れずに答えていた。

店員さんは、美《ちゅ》ら海《うみ》水族館に近いリゾートホテルを提案してくれた。

海が見えるバルコニー付きのコテージで、車いすのまま浴室にも入れるという。

あれだけ検索してもわたしは見つけられなかったのに、一瞬で見つけるからびっくりした。

「レンタカー付きのプランがございますね」

「あ……わたしは免許をもっていないので」

「レンタカーの代わりに、空港からホテルのシャトルバスのチケットもお渡しできますよ」

「バスかあ。バスって車いすのまま乗れますか？」

「リムジンバスなので、入り口には階段があるみたいです」

「母は歩けないので、それだとちょっと厳しいかもしれません」

抱えたら乗れるかな、わたしひとりで大丈夫かな、と悩んでいると店員さんは「ちょっとお待ちください」といい、どこかへ電話をかけはじめた。うすうす感じていたが、この人、めちゃくちゃ行動が早い。何事にも動じない。すごい。

電話を切った店員さんはパッと笑い、わたしにいった。

「レンタカーを、タクシーでの送迎に変更できました」

「えっ」

「2日目以降もチャーターできるようなので、そのまま観光を楽しんじゃってください」

楽しんじゃってください。飛びはねる語尾に、わたしまでつられて笑顔になった。

実際は。あまりにもトントン拍子にことが進んだせいで動揺したわたしは、ニタァって感じのひきつった笑い方だったけど。

「飛行機も、車いすから乗り移りやすい席がいいですよね。調べますね」

店員さんの機転のおかげで、母とわたしは無事に沖縄へと飛び立つことができた。那覇《なは》空港に着くまで母は「本当に沖縄に行けるの？　本当に？」と半信半疑だった。あまりにしつこいので「夢です」と答えたら「夢かあ」とうれしそうにいった。

探していたその人は、すぐにわかった。「岸田さん」という手書きのプレートをもったおじいさんが、手をふっていた。店員さんが予約してくれたタクシーの運転手・とうめさんだ。案内されたタクシーに、母が乗り込む。

車いすをたたんだりする母に、とうめさんは「ゆっくりいきましょうね〜」と、独特のイントネーションで声をかけてくれた。

ホッとする母のとなりで、わたしは「具志堅用高《ぐしけんようこう》が話すのと同じイントネーションだ」と心から感動していた。

ホテルまでの2時間。とうめさんは、沖縄の話をしてくれた。

とうめさんは「ここは行かなきゃ損さ〜」といい、わざわざホテルまでの道を遠まわりして、あちこち連れていってくれた。

「寄り道しちゃダメなんだけど、旅行会社の人には内緒《ないしょ》ね〜」

タクシーが止まったのは、大きな橋がはじまる場所にある、小さなビーチだった。地元の人じゃないとわからないような、奥まった場所にある名もなき波打ち際だ。

空と海が溶けて一緒になったように見える絶景を、わたしたちはワクワクしながらながめた。

「歩けなくなっても、本当に来れた……」母が信じられないといった様子でいい、ちょっと泣きそうになった。

ふと、グラスボートの看板《かんばん》が目に入った。船底がガラスになっていて魚が見えるという、ワンダフルな遊覧船だ。さすがにこれは車いすで乗れないだろうと思っていたら、とうめさんは「たぶん大丈夫よ〜、行ってみましょうね〜」といった。

乗り場に行ってみると、屈強《くっきょう》そうなお兄さんが数人出てきて、あっという間に車いすをかついで、船に乗せてくれた。

「ね、いったでしょ〜」とうめさんは満足気だった。

沖縄には「ゆいまーる」という、たすけあいの精神があるらしい。母があきらめていた「できない」「行けない」が、「できる」「行ける」へと、オセロのようにひっくり返っていった。

沖縄での時間は、あっという間に過ぎていった。

最終日、ホテルから空港へ向かうタクシーの中で。いろんなところへわたしたちを連れて行ってくれたとうめさんにお礼を伝えると、とうめさんは「また来たらいいさ〜」と照れくさそうにいった。

あれから、わたしたちは毎年、家族で沖縄を訪れている。父はもういないけど、母は歩けなくなったけど、それでもなにも変わらず、あたたかい島から美しい海をながめている。

「歩けなくなったからって、あきらめなくていいんだ」と気づいた母は、覚醒《かくせい》した。

なんと手動運転装置なるものを駆使《くし》し、両手だけで車を運転する免許をとった。いまでは沖縄へ行くと、レンタカーをブイブイ乗りまわしている。

頼りなく細かった母の腕は、まるでゴリラのような力を発揮し、自分で車いすをもち上げ、後部座席へ放り込むまでに成長した。成長しすぎである。

沖縄へ行きたいという願いの威力《いりょく》は、すさまじい。母をもゴリラにする。

あのとき、沖縄への道をひらいてくれた店員さんの名前は、残念だけどわからない。

とうめさんにもう一度会いたくて「とうめタクシー 沖縄」で検索しても、なにもでてこない。

大丈夫だよって。元気にやってるよって。あなたたちのおかげだよって。

あの旅行に関わってくれた人たちに、お礼を伝えに行くことはもうできないけれど。それでもせめて、どこかで、このお話が届《とど》きますように。

最大級のお礼に、代えて。

父とわたし

先見の明をもちすぎる父がくれたもの

先見の明をもつ人っていうと。

そう、織田信長である。

なんてったって、火縄銃を大量導入してっから。戦国大名が「無理やがな」って匙《さじ》投げてんのに、モリモリ導入してっから。騎馬隊《きばたい》をこっぱみじんにしてっから。

でもね。先見の明をもってたのは、信長だけではないの。

そう。わたしの父、岸田浩二。

岸田家の信長といっても、過言ではない。信長は兵に、火縄銃を与えた。父はわたしに、火縄銃に匹敵《ひってき》するブツを与えた。一番記憶に古いブツは、「ファービー」だった。

みなさん、ご存じだろうか。一世を風靡《ふうび》した、ペットロボットだ。言葉を覚え、歌っておどり、成長する。夢みたいなおもちゃである。

1998年、アメリカでブームになったあと、現在のタカラトミー社が日本で発売。5か月間で、200万個が売り切れたという、マジのガチで大人気商品だ。

でも、売り切れなんて事情は、お子様には関係ない。

わたしが幼稚園生のころ、世の中には2種類の子どもしかいなかった。

「ファービーをもつ子ども」と「ファービーをもたざる子ども」。

同級生に、お金持ちの女の子がいた。家に遊びに行ったら、床の間にファービーが鎮座《ちんざ》しており、度肝《どぎも》をブチ抜かれた。心なしかそのファービーは毛ツヤがよく、幸せそうに見えた。

「このファービー、わたしよりええ生活しとるやんけ」と、わたしは思った。

「歌って」といえばファービーは、童謡・きらきら星を歌った。衝撃的な光景だった。

その日からわたしは、食卓につけばファービー、学校から帰ればファービー、寝る前にはファービー、と親におねだりした。

「ファービー」「買って」「ファービー」とくり返した。『夢想花《むそうばな》』で円広志《まどかひろし》が歌う「とんで」「まわって」と、同じくらいの比率でくり返していたはずだ。いい忘れたが、父は気が短い。気が短い分、説教は長い。クレイジーキャッツも実年行進曲で歌っていた。

「ああ、もう、わかったわかった。待っとけ！」

父が音を上げたようにいったとき、わたしは勝利を確信した。そして父は、約束通りファービーを買ってきた。あの子の家にいた真っ白いファービーと同じだった。ただひとつ。「英語版」だったことを除いては。

英語……版……？

なんかおかしいなって思ってた。パッケージに見慣れた言語が、見当たらなかったから。このファービーは、アメリカ本国からの移民ファービーだった。

「ええやろ。こんなん、みんなもってへんぞ！」父は自慢げにいった。

そうかも。そうかもだけど、わたしはみんなもってるファービーがほしかった。

「これで英語も覚えられるし、一石二鳥やろ！」

それは違うやろ。わたしは子どもながらに、大困惑した。

言葉を教えるのは、わたしなのだ。そのわたしがまったく英語を心得ていないのだから、ファービーが英語を覚えるわけないのだ。

しかし、そんなこと、父には関係なかった。ひとたび文句をつければ、ファービーの身柄は危うい。

「思ったんと違うのが来た」が正直な感想だったが、背に腹は代えられない。わたしは、このファービーと生きていくしかなかった。絶対に守っていくという気概《きがい》を込めて、ファービーを胸に抱きしめた。


翌日。

わたしは友だちのミナちゃんを、家に招いた。ミナちゃんは、かつてのわたしのように、ファービーを見ると目を輝かせてくれた。電源を入れる。ファービーが瞬《まばた》きした。

わたしのファービーだ。最高に、最高に、かわいかった。わたしは早速、ファービーに話しかけた。フフン、とくとごらん、とミナちゃんに見せつけた。

「ファービー、歌って！」

シン――ッ……。

ファービーは、微動だにしなかった。子ども部屋が静まり返った。

うん。

なるほど。

わたしはミナちゃんを見た。ディズニー英語システムで勉強したミナちゃんなら、なんとかしてくれる。ミナちゃんは、コクリとうなずき、流暢《りゅうちょう》な英語を発した。

「Sing Furby!」

ファービーが、カッと目を見開いた。

「ティンキリティンキー トンキリトン♪」

えっ。

「ティンキリティンキー　トンキリトン♪
ティンキリティンキー　トンキリトン♪」

メロディーも歌詞も、なにひとつ。

なにひとつ、身に覚えのない歌だった。

わたしたちは静かに、電源を落とした。


それから、言葉の通じないファービーとの生活がはじまった。

まず、母の本棚から、和英辞典をキャッツアイ（拝借）した。昭和の遺産で、ピンク色のカバーも中身も、古ぼけていた。わたしとミナちゃんは、一心不乱に辞典を引いた。ファービーと遊びたい、ただそれだけだった。


「ラブっていっても、ファービー答えないね……」

「ラブだけじゃダメなのかな？」

「アイ・ラブ・ユーなら答えるかも」

文法という概念すらよくわからない幼稚園生が、血のにじむような努力をしていた。

英語が通じてファービーが反応すると、飛び上がるほどうれしかった。完全にわたしたちは、未知との交信を試みるエージェントだった。

ある日、ミナちゃんは、取扱説明書の和訳を試みた。そして「ファービーストーリー」という機能を見つけた。ファービーが、楽しいお話をしてくれる機能だ。敵国の暗号無線を解読したスパイのように、わたしたちは喜びあった。

「ファービー、テル　ミー　ア　ストーリー！」

そして、ファービーはひとりでしゃべりだした。

「ノック、ノック（とんとん）」

「フー？（どなた）」

「キャット（猫です）」

「キャット　フー？（猫のだあれ？）」

「キャッタストロフィ（＝大惨事《だいさんじ》）」

「ギャーッハッハッハ」

わたしたちは静かに、電源を落とした。

まさか、アメリカンジョークだとは思わなかった。

まったく、笑いどころがわからなかった。

なんというか、もう、怖い。人間は、1ミリも理解できないジョークで爆笑している他人を見ると、恐ろしくなるのだと学んだ。

父の先見の明は、ファービーにとどまらない。

ある日、父は急に、パソコンを買ってきた。「これからはパソコンできる人間が、成功するねん」といって。

当時のパソコンの家庭普及率は、わずか7%。主流はWindows《ウィンドウズ》。それなのに、父が買ってきたマシンは、なぜか初代iMac《アイマック》だった。見慣れないボンダイブルーのボディが、部屋でひときわ浮き上がっていた。

幼稚園生だったわたしには、どう考えても早すぎたマシンだ。

買ってくれたまでは、まだいいのだが。父は買い与えた途端《とたん》に、光の速さで飽きる。なーんにも教えてくれない。千尋《せんじん》の谷に子ライオンを突き落とす、親ライオンだ。それも趣味で。限りなく、趣味の範囲で、突き落とす。

子ライオンのわたしは、短すぎるUSB《ユーエスビー》ケーブルにつながれた丸いマウスを、とまどいながら操《あやつ》った。

父がよく吟味《ぎんみ》もせずにインストールした「死ぬまでミサイルを交互に打ち合うゲーム」で、来る日も来る日も遊んだ。というか、それ以外の遊び方が、わからなかった。

少しだけ、ときは流れて。

小学校にあがったわたしは、学校にどこか居心地の悪さを感じていた。わたしはアニメや少年漫画が好きな、いわゆるオタクだった。女の子同士の話題や遊びに、あまりついていけなかった。

放課後、だれからも遊びに誘われず、家でしょんぼりしていると、父がいった。

「お前の友だちなんか、パソコンの向こうにいくらでもおる」

そして、わたしのiMac《アイマック》は、インターネットにつながった。

ワールドは、ワイドで、ウェブだった。

iMac《アイマック》の向こうは、住んでいる場所も、年齢も、性別も、まったく関係なかった。わたしと同じようなオタクも、めちゃくちゃいた。小学校ではあんなに、いなかったのに、めちゃくちゃいた。

そしてわたしは、ひとつのウェブサイトにたどり着いた。

「チャット」だった。

知らない人と、アニメや漫画の話をし、夢中になった。スムーズに会話できるようになりたくて、ローマ字をマスターした。小学2年生のころには、タイピング速度ランキングで、兵庫県1位になった。どんだけチャットしたかったんだ、わたしは。

ただ、弊害《へいがい》もあった。

来る日も来る日もチャットして。最終的に、自分でチャットのホームページを立ち上げたものだから。岸田家の電話代が、バカ高いことになった。

なんていうか。そびえ立ってるっていうか。

その月だけ電話代のグラフが、はね上がってるっていうか。

幼稚園児の列にならぶ、安岡力也っていうか。

当時は、ダイアルアップ接続といって、電話回線で、インターネットにつないでいた。使った分だけ、電話代がかかる、恐ろしいシステムだった。

請求書の安岡力也を見て、ついに父がキレた。

「パソコンなんかだれでもできるんやからな。天狗《てんぐ》になるなよっ」

もはや主張が、本末転倒である。いや、うん、わたしが悪い。


中学2年生の初夏。

父が、突然死した。

心筋梗塞《しんきんこうそく》だった。

いままで一番、つらい出来事だった。つらすぎて、現実を受け入れたくなかった。

「大丈夫？」「がんばれ」という親戚や友だちの言葉を、聞きたくなかった。大丈夫じゃなかったし、がんばりたくもなかった。

わたしは、父のいなくなった家で、パソコンを開いた。チャットで、つらつらと、父とのことを書いた。最初は気持ちを落ち着けるつもりで、じっくり考えながら書いてたのに。気づいたら、壊れた蛇口《じゃぐち》から水が流れ出すように、キーボードをたたく手が止まらなかった。

父が亡くなったこと。
父と行った場所のこと。
父と行きたかった場所のこと。
父がくれたモノのこと。
父にあげたかったモノのこと。

ふと思い出して、ファービーについて書くと、チャットは「ｗｗｗ」「ワロタ」で埋めつくされた。

ちょっとだけ、救われた気がした。

「お父さん、最高だな」

ひとつのレスが目に入ったとき。涙が止まらなくなった。

うん。そうだよ。最高オブ最高だよ。

岸田セレクション最高金賞、連続28年受賞だよ。

ありがとう。ずっと自慢したかったんだよ。

あのとき、パソコンの向こうから、投げかけられた言葉の多くを。わたしはいまも、ちゃんと覚えている。

ねえ、パパ。

わたしは大人になったけどさ。

やっぱり、英語版のファービーをもらった人には会ったことがないよ。

「幼稚園のころ、辞書引いて、苦労したよね」とか、だれにいっても通じないよ。でも、そのせいかどうかはわからないけど、わたし、大学入試で英語の成績が満点になったよ。

ねえ、パパ。

わたしがいまもってるのは、32MB《メガバイト》のiMac《アイマック》じゃなくて、16GB《ギガバイト》のMacBook Air《マックブックエアー》だけど。今日もワールドとワイドにウェブでつながっているよ。パパが大好きなママと良太とわたしのことを、最高だってほめてもらいたくて、エッセイを書きはじめたよ。

「先見の明っていうか、来なさそうな未来を先どりしてたよね」

母は父のことを、思い出しては苦笑いする。

父からもらったもので、わたしはたくましく育ち、たくさんの人に助けてもらい、今日も生きている。これを先見の明といわずして、なんというのか。

でもね、やっぱり。
ファービーは、日本語版がよかったよ。

6月9日　18時42分

昔から、細かい数字を覚えるのが苦手だ。

自分の身長、50メートル走のタイム、友人の誕生日、恋人との記念日、宿題の提出期限。なにもかも、覚えていたためしがない。

そんなわたしが唯一、細かく覚えている数字がある。

2005年6月9日　18時42分。

父が亡くなった時間だ。

「娘さんが中学校から到着するまで、がんばって待っていらっしゃったんですよ」

時間を読み上げたあと、病院の先生がいった。わたしの記憶は、そこからおぼろげになっている。

気がつけば、ぜんぶ終わっていた。お通夜もお葬式も。

「本日はお忙しいところ、夫・岸田浩二の……葬儀に……ねえ、なんでこんなあいさつせなあかんねんやろう。なんで死んだん、なんで……」

出棺《しゅっかん》前の喪主あいさつで、わたしのとなりで母が泣き崩れた。わたしと弟の手をにぎる母の手が、震えていた。

それだけは確かだ。

病院でもお寺でも大丈夫そうにハキハキふる舞っていた母が、実は大丈夫じゃなかったと知り、もう本当にびっくりした。

「ああ、ママって泣くんや」当たり前のことを思った。それくらい、母はいつも明るく、優しく、家族の太陽のような存在だった。

でも、それ以上にびっくりしたのは。

葬式以来、母は一度も、父のことで泣かなかったということだ。

「パパは東京に出張してることにしよう。そしたらあんまり悲しくないはずや」

父がいなくなった家で、母はいった。急になにをいい出すんかと思ったが、これはなかなかの名案だった。

「父が亡くなった」と認識すればするほど、思い出してしまって、悲しくて苦しい、ただの現実逃避だし、悲しみの先送りでしかないが、それでも目先の絶望から逃れることはできた。


そして、1年経ち、2年経ち。

東京に行った父がもう帰ってこないとわかっても、悲しみの濃度は、少しだけ薄くなっていた。日常に支障が出ないくらいには。


ときは流れ、2018年6月。

神戸の実家を離れて暮らすわたしは、母から届《とど》いたLINE《ライン》のメッセージを思わず2度見した。

「明日はパパ上の命日です、13年が過ぎましたね」

添えられていたのは、クマが笑いながら「えらいこっちゃ〜」とジタバタしているスタンプだった。

いや……急に軽くなりすぎでは⁉

「えらいこっちゃ〜」と、ちゃうねん。こちとらもう13年も経って、オトンのことは乗り越えてるねん。せやけど、母にいってもええもんかどうか、ちょっと迷っててん。

それを「えらいこっちゃ〜」って。しかもクマ、2匹おるがな。連続でスタンプ送っとるがな。

どういう精神状態で送ってきたんだ。っていうか、パパ上ってだれなんだ。

小一時間も悩んだ末に、わたしは返信した。

「パパ上もまさか、そんなスタンプで偲《しの》ばれるとは思わんかったやろうな」

かなり的確に、読者の気持ちを代弁できたのではないか。名編集者である。この場合、読者はわたししかおらんけど。慮《おもんぱか》るのも慮《おもんぱか》られるのも、すべてわたしだけど。

あまりにも偲《しの》ばれ具合が意味不明すぎたので、夏の帰省でわたしは思い切って、母に尋《たず》ねてみることにした。

記憶にふたをしていた、父が亡くなったころのことを。

「あのな、こないだのＬＩＮＥ《ライン》のことやけど」（ワンワンワンワン）

「うん」（ギャンギャンギャンギャン）

「パパ上の命日でえらいこっちゃーっていうたやん」（ガウガウ）

「いうたなあ、あのスタンプかわいいやろ」（ワンワンワン）

「それやねんけど……ごめん、犬うるさいから外行こか」（クウン）

わたしがひとり暮らしをはじめて家族がひとり減ってもさびしくないように、と迎え入れたトイプードルが、アホほど母のひざの上でおどり叫《さけ》び狂っていた。

のそのそとカフェに移動し、気をとり直して、話を切り出した。

「正直な、パパの思い出ってどこまで話したらええんかわからんかったから、あんな連絡もらってびっくりしたわ」

「なんで?」

「パパが出張したことにしよっていってたし、そんでめっちゃ元気に見えたから、忘れた方がええんかなあって思って」

カフェラテを飲みながら、母が「あー、ないない」と苦笑いした。

「めっちゃ元気なわけないやん。旦那死んどるんやで、キッツイわあ」

「じゃあ元気なフリしてたん?」

「うん。最初はそんなんする余裕ないと思っててんけど」

母がいうには、ある手紙を読んでから、元気なフリをするようにしたのだという。

それは、父が高校時代に所属していた野球部の先輩からの手紙だった。

父はその先輩をとても尊敬していたらしい。

『ひろ実さんへ。

浩二さんを亡くされて、本当に悲しく、残念なお気持ちと思います。

その苦しさを重々承知した上で、心からのお願いがあります。

葬儀のあと、どうか小さな娘さんと息子さんの前では、涙をこらえてください。

わたしは子どものころ、父を亡くしました。

子どもはゲンキンなもので、1年も経つと親の死という悲しみを忘れます。

でも、わたしがなによりも悲しくて苦しかったのは、毎日毎日、泣いている母を見ることでした。いまでも覚えています。

だから、ひろ実さん。とてもつらいと思いますが、子どもたちが元気になるまでは、元気なフリをしてあげてください。』

ぜんぶ覚えているわけではないが、だいたいこんな内容だったという。想像を越えた母の答えを、頼んだコーヒーフロートのアイスが、だらだら溶け出すまで呆然《ぼうぜん》と聞いていた。

「せやから元気なフリしてたん？」

「うん」

「しんどくなかったん？　だって、悲しいのをかくさんとあかんかってんで」

母は、うーん、と少しだけ考え込んだ。

「しんどいより、ちょっとホッとしてたん」

「なんで」

「パパいなくなって、わたしはずっと専業主婦やったし。子どもたちのために、何からしたらええかわからんかったから。あー、まずは元気なフリするだけでええんや！　って役割ができてホッとした」

「はあ……そんなもんかね」

「子どもたちのために強くならなって思ったら、無敵やわ」

母はひらひらと手をふって、笑う。

ああ。母という生き物は強い。マジで強い。最強。

子どもを守るという目的のために、こんな風に生きることができるものなのか。

わたしが将来子どもを生んだら、母のように生きられるだろうか。ちょっと想像してみたけど、なにも具体的な映像が浮かんでこなかった。

さっぱりわからん。

「中学生の奈美ちゃんと小学生の良太が、わたしが泣いとるとこばっか見てたらショックやろ？」

「うん、想像したらヤバイ。それだけでちょっと泣けてくる」

「元気なフリしてたら、奈美ちゃんと良太がゆっくり元気になっていったやろ？」

「うん」

「そのあと、セラピーの先生たちと出会って、わたしもちゃんと泣けるようになってん」

　母はわたしが高校生になった後、心理セラピストの資格をとる勉強をはじめた。そのとき出会った先生に、1年かけて、悲しいという気持ちを吐き出したそうだ。わたしたち家族に吐き出せなかった悲しみを、ちゃんとそこで言葉にできたから、いまは元気なフリをしなくても心の底から元気になれたという。

「家族やと近すぎて話しづらいこともあるしなあ。わたしの場合、元気な顔を見せられる家族と、泣きごとをいえる先生や友人がいたから、ここまでこれたんかも」

生きていく上で、とても大切なことを教えてもらった気がする。コーヒーフロートは結局、ただのカフェオレになってしまったが。

「えらいこっちゃ〜」なLINE《ライン》を、母が送ってくれてよかった。

「あとなあ！　いうとくけど家族が死ぬってほんまに大変やから。めっちゃ大変。銀行口座は凍結するし、市役所とか何件もまわるし、単身赴任《ふにん》先の電気ガス水道ネットぜーんぶ止めなあかんし。もうあんな大変な思いさせたくないから、わたしの遺骨はハワイの海に撒《ま》いてほしい」

「いやどう考えてもそっちの方が大変やし、ハワイ行きたいだけやろ」

うん、と母は笑った。とても元気そうだった。

忘れるという才能

風が吹けば、どうなるか。

桶屋《おけや》がもうかる。

ご存じの通り、桶屋《おけや》がもうかるのである。すごい。一見して意味がわからんのに、みんなわかってんのが、すごい。

ところで「風が吹けば桶屋《おけや》がもうかる」とは、十返舎一九《じっぺんしゃいっく》が書いた東海道中膝《とうかいどうちゅうひざ》栗毛《くりげ》という作品で書かれた話だ。いいよね。十返舎一九《じっぺんしゃいっく》。一度は口に出していいたい名前ナンバーワンだよね。東海道中膝栗毛《とうかいどうちゅうひざくりげ》はつくり話だけど。元になった実話もあるとか、ないとか。あえてつくり話にしたのは、読者を笑わせたかったからだとか。

わたしが大好きなラーメンズというお笑いコンビは、それをコントにした。映像で1000回以上は見たと思うが、いまでもゲラゲラ笑える。笑い話といえば、落語もすごい。「まんじゅうこわい」とか、普通は意味わかんないじゃん。でも、わかるじゃん。こわいじゃん。落語家さんって、何度も何度も、同じ話をするのに笑っちゃう。江戸時代からずっと、同じ話をしてるのに。一度話しはじめればみんなの頭に情景が浮かんで、笑っちゃう。冷静に考えたら、本気ですごいことだと思うの。

話は突拍子もなく変わるが、わたしは昔から、人を泣かせることよりも、笑わせることの方がかっこいいと思っている。泣いているわたしを笑わせてくれた人たちが、大いに影響している。ラーメンズ。藤子・F・不二雄。さくらももこ。向田邦子。又吉直樹。漫画『波よ聞いてくれ』の主人公・鼓田《こだ》ミナレ。

そして、わたしの父、岸田浩二。この人たちがつくった話は、いま思い出しても笑えるし、だれかに話してみても、笑いの輪がさらに広がる。

ずっと、憧《あこが》れてた。でもわたしにはずっと「笑わせる才能」がなかった。

その代わり、わたしには「忘れる才能」があった。

18年前（2005年）の夏、憧《あこが》れていた父が突然亡くなった。よくまわりの人から「つらいことばかりの人生を、よくがんばってきたね」とほめてもらえることがあるが、恐れ多くて仕方がない。

わたしにとって生きるというのは、がんばることではなかった。ただ毎日「死なない」という選択をくり返してきただけの結果だ。グラフにすると、谷があって、ゆるやかに、ゆるやかに、ほぼ平行に見えるくらいゆるやかに、上昇していくイメージだ。

父が死んで、母が下半身麻痺《まひ》になって、障害のある弟とふたりで過ごして、正直つらかった。

生活がつらいわけではない。毎日毎日、悲しくて悲しくて、しょうがない。

それがつらかった。でも、家族を残して、死ぬことはできなかった。だから、生きた。何をがんばるでもなく、ただ、毎日、死なないようにした。

その代わり、忘れることにした。楽しい思い出も、悲しい死に様も、心の隅《すみ》に追いやった。そしたら、つらくないことに、気がついた。父が死んだら、父のことを考えないようにした。母が倒れたら、母のことを考えないようにした。

長い長い嵐の夜に、家の扉《とびら》をしめ切って、耳をふさいで、ただしのぐ。そんな状況が、何年も、何年も続いた。

いつの間にか、嵐は止んでいた。

家の外に出て、太陽のまぶしさに目を細めたとき、わたしにとって、父の死も母の苦境も、完全に過去となっていた。わたしはもう、父の笑顔と声を、まったく思い出せない。

エッセイで書いているエピソードは全部、母から聞いた話だ。後悔はしていない。

わたしには「忘れる才能」が残ったからだ。

この才能のおかげで、どれだけ嵐の夜を越えられただろう。

嫌な出来事に関しては、鶏《にわとり》が3歩歩くよりも先に忘れるものだから。仕事で叱《しか》られたときなんかは数分後「反省してないやろ！」と、怒りのたき火にハイオクガソリンをぶちまけるような社会人になったけど。

それからどしたの。（CV：愛川欽也）

2019年12月30日、わたしは東京から神戸へ帰省した。

行きの新幹線は、それはもうすごかった。あれは新幹線ではない。もはや家だ。

みんな新幹線に帰省してるのかと思った。

座れない人たちで大混雑のデッキ。ピクニックシートを広げ、おにぎりをかじる親子。せまい通路でつっかえ棒のようになって眠る若者。人の肩と肩の間で両頬《りょうほほ》をプレスされながらも、直立不動でゲームをするサラリーマン。

そこまでして、みんな実家に帰りたいのか。いや、わたしもだけど。

人間の帰巣《きそう》本能とはすげえなあと感嘆しながら、スマホのメモ帳に、言葉で書き留めた。無意識にその驚きを、見えているままに、残そうとしていた。

神戸に到着して、母と弟とおばあちゃんで、回転寿司に行った。

愉快だ。間違いなく愉快だけど、一言で説明がむずかしい。家族の会話は、「楽しい」とか「悲しい」とか、一言じゃ説明できない情報量にあふれている。

おばあちゃんは「あんたもっと食べえな！　しゃべってばっかおらんと」と怒りながら、笑っている。弟はわたしにせっせとお茶をいれてくれていたが、粉末の抹茶と生わさびの容器を思いっきり間違えていた。

「これはワサビや！　ドリフかあんたは！」わたしは泣き、喜んだ。

母はひとりだけ我先にと、オニオンサーモンを集める作業に没頭していた。

笑っていたり、泣いていたり、一言では説明がつかない。

ちなみになぜわたしがこんなに細かく説明できたかというと、スマホのメモ帳に書き留めていたからだ。

愛しいなあ、と思った。そして気がついた。わたしは忘れるから、書こうとするのだ。

後から、情景も、感動も、においすらも、思い出せるように。つらいことがあったら、心置きなく、忘れてもいいように。父のときみたいに、もう忘れたりしないように。どうせ後から読み直すなら、苦しくないよう、少しばかりおもしろい文章で書こうかと。

無意識にわたしは、選択していたのだと思う。

そしてたどり着いたのが、エッセイだった。

エッセイのおかげで、たくさんの人に「ブラジャーの記事（126ページ〜）、おもしろかったです！」と声をかけてもらえた。「赤べこの岸田さんです」と紹介してもらえることもあった。「ああー！」と合点《がてん》してもらえることに、ゾクゾクした。

年末に編集者の佐渡島庸平さんと、デザイナーの前田高志さんが、こんな言葉をくれた。

「岸田さんの文章はね、落語家と一緒だよ。読めば、目の前で登場人物や情景が動いているみたいに感じる。それで、何度読んでも笑える」

「たくさん傷ついてきた岸田さんだから、だれも傷つけない、笑える優しい文章が書けるんだと思うよ」

めちゃくちゃうれしかった。どれくらいうれしかったかというと、この日、初対面だった前田さんからいわれた「質問しますね」を「詰問《きつもん》しますね」と聞き間違えて、ダラダラ流れていた冷や汗が全部蒸発したくらい、うれしかった。


わたしは、落語家になりたい。

わたしは、コントの脚本家になりたい。

わたしは、ドラえもんになりたい。

わたしは欲張りだから、それらを全部ひっくるめた、作家になりたい。

いつかどこかの食卓で、「風が吹けば」ならぬ「赤べこ」と切り出すだけで、思わずだれかが笑ったり、救われたり、そんなだいそれた未来がきたら、飛び上がるほどうれしい。

わたしはきっと、いまを忘れるだろうけど。

だから、今年も書いていきたい。知らないだれかが、笑ってわたしの過去を、思い出してくれるように。重い人生だから、せめて足どりくらいは軽くいたいんだ。
知らんけど。

日常とわたし

黄泉《よみ》の国から戦士たちが帰ってきた

わりと、こだわりの強いタイプだ。でもこれだけは決めている。

モテる女のアドバイスにだけは、一切のプライドをかなぐり捨て、従うことを。

東に評判のパーソナルトレーニングジムがあると聞けば、私財を投じて馳《は》せ参じ。西に3キロやせ見えパンツがあると聞けば、電車を乗りついで手に入れる。流行りのファスティング（絶食）をした直後、肌によいというコラーゲン鍋をかっ込んで、東梅田のど真ん中で吐いたときは、さすがに情報にふりまわされすぎたと後悔したけど。

とにもかくにも、この3年間、モテるため、慎《つつ》ましやかにそんな感じ。

先日も、モテる女と慎《つつ》ましやかに飲む機会がありまして。新たな情報を手に入れた。

「ブラデリスニューヨークのブラジャーだけは絶対買うべき」

それで、行った。飲みが終わったその足で。フットワークすらも、ゆるふわを意識している。

ブラデリスニューヨークのお店に着くと、神田うのみたいな店員さんに出迎えられた。

「フィッティングに1時間ほどいただきますねー」

耳をね、疑った。

試着に1時間。

なんぼほど、ブラを脱ぎ着させられるのかと。おっぱいすり切れて、なくなるんちゃうかと。想像し震えるわたしを、試着室へといざなう神田うの。

重い2枚のカーテンの内側で、わたしは上半身すっぽんぽんになることを命じられ、採寸してもらった。

わたしは、ここ1年半ほどで、10キロ近く体重を落としていた。

体重が減ったら、胸が自然とボリュームダウンして、たまげた。格安の下着店でさらにセールを目ざとくねらい、2800円のブラを5種類買っては、永遠に着回す日々。

ちゃんと採寸なんてしてないから、胸とブラのすきまはカッパカパ。谷間も消失し、まるで中学生の付き合いたてカップルのように離れていく、右胸と左胸。

まあ、こんなもんかと。わたしはわたしなりに、折り合いをつけていた。

試着室に舞い戻ってきた神田うのが、しぶい顔をした。

「ああ……お客様。胸のお肉がぜんぜんブラに入ってないですよ。一度、ちゃんと入れてみますねー」

ガッサー!

わたしの脇《わき》のお肉をガッサー！　とつかみ、力ずくで前にもってくる、神田うの。

足を肩幅に開き。指先に力を込め。

力士のような豪快さ。肉という肉を1グラムたりとも逃さんという、気概《きがい》を感じる。

「あと、ストラップも下がりすぎてるので、上げますね」

ブラのストラップが、グイグイ上がっていく。砂漠の井戸から、水をくみ上げるように、上がっていく。


次の瞬間。

わたしの胸に、メロンがあった。

石原裕次郎のお見舞いのときみたいな。でっけえ、でっけえメロンがあった。

なんていったらいいんだろう、この感動。

修学旅行で訪れた安い店のビッシャビシャのウニを食べてウニが大嫌いになり、社会人になり旅行で訪れた北海道でマジもんのウニを食べて「いままで食べてたウニとは一体……?」となった、あの感動がよみがえる。

「お客様のお胸のお肉は、全部、お腹と背中に逃げてたんですよ。ストラップもゆるゆるで、サイズの合っていないブラを着けられてたんですね」

わたしの乳は、どうやら、集団疎開《そかい》していたようです。

いつの間に……？

開戦した覚えも……ないのに……？

「まだお胸のお肉が横にあふれてるので、あと2カップ上げてみましょうねー」

サッと姿を消したかと思えば「それ峰不二子しか着れへんのとちゃうの？」みたいなブラを手に戻ってくる、神田うの。

さらにガッサー！　と、お胸のお肉というお肉をかき集める、神田うの。もうね、自分の身体なのに、信じられない。

「ワレ、乳やったんかオイ！」みたいな肉たちが、一斉に集まってくる。どんどん、姿を暴かれていく肉。もう、おっぱい公安警察のお出ましである。

「どうですか？　谷間ができましたよー」

もどってきた！

黄泉の国から戦士たちが帰ってきた！

続け、戦士達！

シシ神の元へ行こう！

頭の中に、比較的クリアな状態で、もののけ姫のあのシーンがよみがえる。

「とってもシルエットがきれいになりましたね！」

もう、わたしの胸で同窓会が開催されている。くすのき小学校　昭和33年卒業生、同窓会って感じ。谷間、あんた、生きてたの……？　デコルテ、お前、そんなに立派になって……！

気がつけば、3万円使ってました、ブラジャーに。

身体のシルエットが本当に変わるし、戦士たちも帰ってくるので、下着はきちんと採寸してもらって、プロに選んでもらって、買いましょう。わたしはしばらく、この感動を語りついでいこうと思う。

「アサヒスーパードルゥゥァイいかがですか」

まだ会社員だったころ、甲子園へ高校野球を観に行った。何気に、わたしにとっては毎年恒例の行事である。あだち充《みつる》の漫画に焦《こ》がれすぎたゆえの行動力。

高校野球っていったらもう、青春の代名詞じゃないですか。かくいうわたしもね、してた。青春。

甲子園球場の売り子のバイトを、大学生時代に。

ほら、あれですよ。わかりますか。ピンク色のスカートはいて、ビールの樽《たる》背負って。

「アサヒスーパードルァァイいかがですかー？」って。客席の花形ともいえる。

正直、あこがれてた。はちゃめちゃにあこがれてた。

父から「お前には浅倉南の〝南〟って名前をつけようとした」っていわれた記憶

を、勇気に変えて。甲子園球場の浅倉南に、わたしはなりたかった。


そんで売り子に応募して。トントン拍子《びょうし》で受かって。

「いやー、すこぶる順調。生まれもってのスターだわこれは」くらいにね、思ってた。堂々と。何の疑いもなく。

初出勤日に、ホットコーヒーの箱をもたされるまでは。


見たことある？

39℃のとろけそうな日に。ビールやら酎ハイやらカチ割氷やらが、飛ぶように売れる日に。

ホットコーヒー、売り歩いてる女を。


見たことない。そんな純度100%の奇行、見たことない。

逆張り思考にも限度がある。

しかもこれ時給じゃなくて、歩合制だから。一杯20円とか30円の。シビア極まりない。

制服も「思ってたんとちゃう！」と叫《さけ》びたくなる出来。

まず、色。ピンク色じゃない。この世の終わりかと思うほど、くすんだ紺色。

スカートでもない。ズボン。パンツでもキュロットでもなく、ズボン。ポッケがいっぱい。

追い打ちをかけるかのごとく、わたしの順調に育った太ももに悲鳴を上げてる。

パッツンパッツン。

更衣室で鏡見た瞬間に思った。さすがにこれはないな、と。売り子のとりまとめをしているお兄さんに聞いてみた。

「あの……なんでわたしだけホットコーヒーを？」

「ああ！　ひとりはね、そういう需要にこたえられるようにね、入れてんのよ」

どういう需要なんだ。

「岸田さん、面接の自己PR《ピーアール》でひとりだけ、ストライク入ったときの敷田《しきた》直人《なおと》球審のモノマネしたでしょ。なんかこの子なら、ニーズと真逆の商品も売ってくれそうだなって……天の邪鬼の才能っていうのかな」

ニーズと真逆を自覚しておきながら、それでもなお……？

この人、天の邪鬼っていう言葉の意味をたぶんわかってない。

どうやらまわりの人の話を色々聞いてると、このバイトには、露骨《ろこつ》に血で血を洗うほど厳しい顔採用があるらしい。

ちなみに、わたしがバイトしていた当時の話なので、いまは知らない。

まず、甲子園球場のビールっていうのは、ほぼアサヒが独占していた。わたしが憧《あこが》れてたピンクのスカートをはいて「アサヒスーパードゥルァイいかがですか？」といってるやつだ。

そして群れをなすアサヒの中、わずかながら赤い制服のキリンがいる。

ついては、わたし個人の感覚ではあるが、キリンの売り子の方がカワイイ人が多かったように思う。もちろん、アサヒもカワイイ。カワイイ人は、だいたい酒類に配属されてる。ビールとか酎ハイとか梅酒とか。

理由はいわずもがなである。どうせならカワイイ子から買いたいのがお客さんの総意だ。年間シートを契約している常連のお客さんなら、お気に入りの売り子からしか買わない、って人もいたりする。

次いで多いのが、ソフトドリンク、アイスクリーム、かち割り氷。この辺になってくると、男子も混じってくる。

その中でもホットコーヒーなんて、レア中のレアなわけ。絶対、利益を考えて投入された枠ではない。「なんかおもしろそうだし入れとくか」的な気まぐれ枠だ。

運営の気まぐれで生み出された、悲しいモンスターがわたし。

卍の敷田《しきた》をリスペクトしすぎたばっかりに。

そういえば、父はこんなこともいっていた。

「お前が生まれた瞬間、あっこれは南って顔じゃない……って思って、奈美にした」

美人に……美人に生まれてさえいればっ……！

売り子の中には、腕章をつけている人がいる。

「ビール内野席1位」とか「酎ハイ外野席2位」とか。そのエリア内での売上順位だ。ビール内野席1位の腕章の子とか、冗談かと思うくらいにカワイイ。

甲子園の売り子っていうのは、めちゃくちゃに競争心をあおられるシステムに組み込まれている。当時はまだAKB《エーケービー》とか流行る前だったけど、確実にあの業界のそれである。

アイドル。まさにアイドルの業界と遜色《そんしょく》ない。

商品補給するとき、バックヤードへと戻るのだが、そこにでっかい電光掲示板がある。いま、どこどこ所属のだれだれが何杯売り上げて、何位とかが常に表示されている。

樽《たる》にビールを補給するマネージャーにはなぜかイケメンが多くて。マネージャーがビールを注ぎながら、売り子をひとりずつ励ましてくれるのだ。

「エミ、今日も2位じゃん！　この調子でどんどん売ってこ！」

爽やかさ150％で声をかけている。たまにタオルなんかもらっちゃってさ、これこそ青春。


それで、記念すべきわたしの売り子デビュー戦。右肩には「外野席1位」の腕章。すごくない？　まだ1杯も売ってすらいないのに、1位。

生まれもってのスター。

まあ、わたし以外、売り子いないからなんだけど。とんだ叙述《じょじゅつ》トリックである。

マネージャーから「岸田さんはあっちのカウンターで自分でコーヒーつくって補給してね」といわれたときは、象印のポットでなぐってやろうかと思った。

それで、まあ、だまされたと思って売ってみたんですよ。

うん。だまされた。わかってた。

全然、売れない。売れないったらない。お客さんが2度見してくる。

「暑いな、のど渇《かわ》いたな。おっ、あの子から買おうかな……コーヒーかあ。……ホットコーヒー⁉」

っていう心の声が5・1chサラウンドかってくらいの立体高音質で聞こえる。

もう、スティック砂糖単体で売った方が、まだ売れるんちゃうかと。

ブドウ糖の直売りの方が勝機《しょうき》見えるビジネスモデル。完全に狂ってる。

でも、わたしの中の卍の敷田《しきた》が、声をはり上げる。がんばれと。負けるなと。

お前は浅倉南に、絶対に、なれると。

それから、とにかく創意工夫をこらした。

まず出勤日を、比較的冷え込む日のナイターや、雨予報の日にしぼった。

そうすると、外野席で雨に濡れてる人や、内野席の一番上で吹きさらしに遭ってる人が、たまに買ってくれる。

加えて、買ってくれそうな人の見極めも重要だ。おじいちゃんとか、おばあちゃ

ん の 方 が、 買って くれる 確率 が 高い。

少年 野球 の 引率 の 監督 と お母さん という 太客 を 見つけて から の わたし は、 すごか った。ポットとマドラーを片手に球場を舞う、蝶《ちょう》だった。

蝶《ちょう》は、最終的にmixi《ミクシィ》の甲子園球場コミュニティを見つけ、そこに潜《もぐ》り込み「売り子だけどひとりでコーヒー売らされてる助けて」と書き込み、お情けの力を惜しみなく使って1日数十杯を売り上げた。

そんなこんなで、わたしは歴代で最も多くのコーヒーを売った女になった。

春の高校野球センバツの日、わたしに売上順位を抜かれたソフトドリンク売り子の「嘘やろお前」という顔だけは忘れない。

歴代のコーヒー売り子たちの無念を……わたしが……！　わたしが……！

待ちに待った、バイトの契約更新の日。これはもう、憧《あこが》れのビール売り子に昇格待ったなしだろうと、思ってたんですけどね。

「岸田さん、次は風船売ってよ、ジェット風船！　岸田さんなら売り方考えてくれるでしょ」

考えてくれるでしょ、じゃねえよ！

こっちはトンチやってんじゃねえんだよ、バカ！

結局ビールを売ることなく辞めたが、生まれ変わったら南という名前になって、一度でいいからアサヒスーパードライを売ってみたい。

ズンドコベロンチョの話をしなくて済んだ

早稲田大学の大隈塾《おおくまじゅく》で、講義をする機会をもらった。

大隈塾ってなんぞやと思って、便利なインターネットで調べてみた。過去の講師に、石破茂さん、堀江貴文さんなどの名前が並んでいて、すぐに画面を閉じた。流れるような手さばきでブックマークの一番上にあった、フジテレビオンデマンドを開き、世にも奇妙な物語傑作選を観て、心を落ち着けた。

講義で与えられた時間は、なんと180分。90分程度であれば、USJのハリウッド・ドリーム・ザ・ライドに乗る待ち時間である。まだ大丈夫。

しかし180分ともなると、ハリウッド・ドリーム・ザ・ライド～バックドロップ～の待ち時間に匹敵する。前向き走行と後ろ向き走行の違いは、かなり大きい。

最初はチュロス片手にキャイキャイしゃべりながら並んでいたカップルも、180分も経てば無言で何度も見たはずのインスタのストーリーを死ぬまで再生し続けるゾンビになっている。

わたしは、典型的な、ネット弁慶だ。

SNSやブログであれば、わたしはめちゃくちゃしゃべる。いらんことも、いることも、しゃべり倒す。

上沼恵美子のおしゃべりクッキング並みにしゃべる。料理番組でアシスタントが「ほんとに外食が一番よろしいわ、夏場は」といい放つ番組を観たのは後にも先にもこの一回だけだった。大好きになった。

でも、ひとたびネットの世界を飛び出てしまうと。なにもおもしろいことをしゃべることができない。

一晩、悩みに悩んだ結果。

「言葉につまったら、ズンドコベロンチョの話をしよう」と、腹をくくった。ズンドコベロンチョとは、テレビ番組『世にも奇妙な物語』で出てきた、なぞの言葉だ。お気づきの通り、まずい方向への思い切りのよさが災いした。

母に弱音を吐いたら「謎《なぞ》の小袋80袋、投げとき」とどうしようもないことをいわれた。いかに正月、昔のフジテレビのバラエティ番組しか観ていなかったのかを疑われる親子関係である。投げられるわけがないだろう。というかいまの大学生にエキセントリック少年ボウイが通じると思っているのか。

でも結果的に、ズンドコベロンチョの話は、しなくて済んだ。

大隈塾《おおくまじゅく》に来てくれた学生さんが、真綿のように優しく迎えてくれたからだ。ほとんどの学生さんが、わたしのブログを読んでいた。どうやら、講義を運営する学生さんが、気をまわしてメーリングリストで送ってくれたらしい。圧倒的ホスピタリティである。見習いたい。

何か月も前から、主担当となって準備をしてくれた、ひとりの学生さんのおかげだった。8歳も年上のはずのわたしが、早稲田大学に足を踏み入れた途端《とたん》、生まれたての子羊のような足腰になっていたので、本当に救われた。なんというか。こんなセリフを吐く大人になりたかねえなあ、と思っていたのだが。これ以外の言葉が、思い浮かばない。

「こんな若いもんがいてくれるなら、日本の未来には希望があるなあ」事あるごとに、拍手をくれる。うなずいてくれる。

メモをとる手をひっきりなしに走らせてくれる。

質問の手も、あがる、あがる。

絵が得意な学生さんは、グラフィックレコーディングなる図を即興《そっきょう》で描いてくれた。すごい。

いること、いらんことを、おしゃべりクッキングしながら「ああ、わたしって本当はこう思ってたんだな」と再認識できた。とても楽しく、優しく、特別な時間になった。

講義が終わったあと、アンケートに書かれていた質問に、ここで答えようと思う。

「友人が家族を亡くし、ふさぎ込みがちになった。元気になってほしいけど、なんと声をかければいいかわからない」

人生には、解決策がある苦しさと、解決策がない苦しさがあると思う。解決策がない苦しさは、ときに絶望といわれる。例えば、大切な人やペットの死など、代わりのきかないものを失ったとき。

わたしは、父が亡くなったとき、母が集中治療室にいたとき、それはそれは絶望した。

「神様は越えられない試練を与えられないよ」
「お姉ちゃんなんだから、気をしっかりもって」
「応援するよ」とたくさんの応援の言葉をもらった。

でも、どんなに優しい言葉も、素直に受けとれなかった。

「そんなことといったって、あなたの家族は死んでないじゃん」

「あなたとわたしは違う」

「わたしのつらさなんか、どうせだれにもわからない」

本当につらいとき、わたしは、他人の言葉に耳を傾《かたむ》ける余裕《よゆう》がなかった。

でも唯一、うれしかったのは、残った家族が、泣いてくれたことだった。一緒に絶望してくれ、立ち直らなくてもいいから、好きなだけ泣く時間をわたしにくれた人たちの存在が、本当にありがたかった。

わたしの場合、絶望はゆっくり長い時間をかけて向き合い、忘れることでしか、なくならなかった。バケツになみなみたまった水が、蒸発するのを待つように、気が遠くなる時間がかかった。

絶望は、他人の応援の言葉で、めったになくなるものではない。

だから「何かしてあげたいけど、何をしたらいいかわからない」ならば、焦《あせ》りはぐっとこらえてほしい。友人の話を聞いて、事実を受け入れる。もし、その友人と同じように悲しく思ったのなら、素直にその気持ちを伝えてほしい。

ただ、それだけでいいのだと思う。それができないなら、無理に言葉をかけずとも、じっと待つだけでもいい。「つらくなったらいつでも話を聞くよ」「ひとりじゃないよ」ということが、言葉でも、態度でも、伝われば、ただそれだけで。

でも、なんであれ、何か力になりたいと思うあなたの気持ちは、その愛は、ものすごく尊くて、あなたのような人に、わたしも毎日を生かされている。

いつもありがとう。

これが正解かはわたしもわからないけれど、とにかく、ありがとう。

仕事とわたし

バリアバリュー

大学生になって、10日後。めちゃくちゃがんばって入った大学を、わたしはもう辞めたくなっていた。桜だってまだ咲いている。同級生はどのサークルに入るか、どのゼミに入るか、浮足立って話している。わたしだけが沈んでいる。

わたしは、下半身が麻痺《まひ》してしまった母のために、なにかしたくてここへ来た。人間福祉学部社会起業学科という、日本にひとつしかないよさげな環境を選んだ。福祉とビジネスを学んだら、きっとなにかが見つかるはずだと思った。でも、なにかなんて名前のものは、どこにも存在しなかった。

立派な講堂で教授たちが話すことは、それはそれは大切な教えだ。わかっている。わかっているが、いままさに「死にたい」といっている母のために、それらがどう役立つのかがわからなかった。

わたしがいまここで勉強したところで、母と行きたかったあのレストランは、あの洋服屋さんは、車いすで入れるようになるのだろうか。それはあと、何年後なんだろうか。

時間が無限なら、機をうかがっていればいい。でも、わたしと母に残された時間は有限だ。機は自分から、もぎとりにいかなければならない。

でも、なにをしたらいいかわからない。わたしは無力だ。

講義でグループ発表をしている真っ最中「わたしはどうしたらいいんでしょう」と、感極まったわたしは急に泣き出してしまった。社会派情緒不安定女とまことしやかにささやかれる中、わたしは運命の出会いを果たした。

ガシャ、ガシャーン。

車いすの前輪が勢いよくウィリーし、だれの手も借りず、段差を乗り越えていく彼を、わたしは呆然《ぼうぜん》と見ていた。

彼の名前は、垣内俊哉《かきうちとしや》。わたしとは別の大学に通う、2歳上の学生だった。たまたま他の大学の学生が参加できる講義があり、垣内はそこへ来ていた。そしてわたしもたまたま、その講義に顔を出していた。すべては偶然だった。

「僕は生まれつきの病気で、車いすに乗って生活しています。僕の目線の高さは106センチです。この高さだから、見えること、気づけることがあります。だから僕は起業します」

突拍子もない垣内の話を聞いているうちに、自分の心の温度が少しずつ、少しずつ上がっていくのがわかった。

講義が終わって、わたしは弾《はじ》かれたように彼のもとへとかけ寄った。

「いきなりですみません、起業の仲間に入れてください」

「えっ、どうして？」

「わたしの母は車いすに乗っています。わたしは母のためになにかしたいんです。自分でもうまく説明できませんが、垣内さんとならそれができるんじゃないかってワクワクしたんです」

「うーん、そっか。それじゃあ、なにができそう？」

わたしは言葉につまった。大学に入ったばかり、19歳のわたしにビジネスの経験なんてない。知識もない。でも、だめだ。この機を逃しちゃだめだ。考えろ。脳みそをぶん回せ。

「ちょっとだけデザインができます！　営業資料や名刺をかっこよくつくれます」

うそだった。デザインといっても、入学祝いで祖母から買ってもらったMacBook《マックブック》Air《エアー》に入っていたペイントソフトをちょっといじれるだけだ。MacBook《マックブック》Air《エアー》はもっぱら、教室で開いてドヤ顔するために使っていた。

「それは助かるわ。じゃあ今度、くわしい話をしようか」

帰り道、梅田駅の紀伊國屋書店にかけ込んで、有り金をはたいてデザインの本を購入した。そのあとなんとなくデザインができるようになったので、調子のよいことはいってみるもんである。

そしてわたしは、株式会社ミライロの創業メンバーとなった。

企業理念は、バリアバリュー。バリアフリーという言葉がすでにあるが、それはバリア（障害）をとり除く（フリー）という意味だ。でも垣内は、障害はとり除くべきものでも、マイナスなものでもないという。歩けないから、見えないから、聴こえないから、気づけることがある。障害は価値（バリュー）に変えられる。

最初にこの考えを聞いたとき、頭からつま先までびりびりとしびれた。障害のある母が、弟が、ふたりと過ごすことでわたしが感じていた不安が、この社会に価値をもたらす。そんなこと、考えてもみなかった。

ミライロがはじめた事業は、どれも障害のある人の目線を活かすものだ。新しい建物や改修する建物に足を運んで、バリアフリーの調査や提案をした。

「どんなところが不便か、車いすに乗ってたらすぐわかるから」

垣内のいう通りだった。わずかな段差、急な坂道、開けづらいドアの形状まで、細かいところも見逃さず、すべて気づいた。

ミライロのメンバーは、たった3人。垣内と、彼の同級生・民野、そしてわたし。オフィスは居住を兼ねたマンションの一室。朝は大学で講義を受け、昼は営業に行き、夕方はまた大学に戻って、夜はオフィスで会議をした。それ以外の行動は何もかも惜しくて、寝袋にくるまって寝たし、ご飯は裏通りの中華店から、豚肉とほうれん草を炒めてマヨネーズを混ぜて米にかけた格安のなにかを出前してもらって食べた。

しんどかった。でもそれ以上に、楽しかった。自分が手を動かせば動かすほど、車いすの母と行ける場所が増えていく。光が差す方へ向かって、一歩ずつ、進んでいる実感があった。

同時にわたしは、限りなく野生児に近い社会人になった。会社の規模が大きくなり、初の新卒社員を迎えたとき「じゃあ仕事のやり方は岸田さんから聞いて」と人事にいわれ、いったい何を伝えたらいいのか、わからなかった。そもそも自分がどうやって仕事をしていたのか、言葉にすることもできなかった。

なんでそんなポンコツになっていたかというと、すべてを切羽《せっぱ》つまった状態のまみようみまねでこなしてきたからだ。入社して3年目に広報という役割を担《にな》ったが、とりあえずネットに落ちているプレスリリースのデータを見て、それっぽいものをつくってメディアに配ったりしていた。

会社で書籍を発行すると決まったら、とりあえずビジネス書をかたっぱしから模写して、こうやって書くのかと身体にたたき込んだ。地図をつくる仕事を受注したら、地図をつくっている会社の先輩に泣きついて、つくり方を教えてもらった。いまじゃ考えられないくらい無鉄砲《むてっぽう》だし、たぶん半分くらいは失敗していたと思うが、それでも破滅しなかったのは、社内外でたくさんの人が温かく見守ってくれていたからだ。感謝しかない。

ある日「テレビ番組の『ガイアの夜明け』に出演させてもらおう」と思いついたときも、体当たりだった。無名のベンチャー企業がなんの予兆《よちょう》もなく出演できるわけもないので、とにかく、仕事が終わったら毎晩『ガイアの夜明け』を観た。数年分は観た。江口洋介が夢に出てきた。それでも観続けた。

すると、長く続いているテレビ番組には、ひとつの型のようなものがあると気づいた。社会背景の説明からはじまり、スタジオで専門家が語り、世論を調査し、課題を打破するために奔走《ほんそう》する挑戦を追い、インパクトのある画をとらえ……といった感じだ。これすらもあまり言葉にできない。気になる人は夢の案内人に江口洋介がキャスティングされるまで、ガイアの夜明けを観続けてほしい。

その型に合わせて、ミライロではどんなシーンを撮ってもらえるかを書き出した。取材に協力してくれるクライアントや、取材が可能な日時まで細かく書き足した。自分が番組の構成作家になったつもりで、企画書のようなものを完成させた。

その企画書のようなものをメールで受けとった番組のディレクターから、連絡があった。

「この企画書、このまま会議に出せますよ。助かりました」

ディレクターというのは想像を絶する激務だ。あとから聞いたところによると、企画書には番組への異常な愛とリスペクトがにじみ出ているのが見てとれて、とても喜んでくれたそうだ。光栄だ。

もちろんタイミングや運のよさもあったとは思うが、そのあと、ミライロは『ガイアの夜明け』への出演を果たした。これが大反響で、たくさんの仕事が会社へと舞い込んだ。野生児だったから、なりふり構わず突進できたのかもしれない。

ミライロを設立してから3年後。

なんと、母が社員として加わった。

きっかけは、とあるレジャー施設からもらった依頼だ。

「お年寄りのお客さんも多いから、うちもバリアフリーにしたいんです。でも、工事をするのはお金も時間も厳しくて。なんとかなりませんか?」

ハード(施設)は変えられなくても、ハート(人の対応)は変えられる。そう思ったわたしたちは、建物の改修ではなく、スタッフの研修を提案した。

段差があるなら、車いすを安全にもち上げられるように。点字ブロックがないなら、目が見えない人を安全に誘導できるように。サッとお手伝いできるスタッフを育てようという試みだ。

教えるのは、障害のある人がいい。なぜならその方が、わかりやすいからだ。

そこで、わたしの母を講師として抜擢《ばってき》した。

母は最初、目を白黒させて慌《あわ》てていた。それもそうだ。母はこれまで、事務職はやったことがあるが、人前で話したことなんかない。

それでも母は「絶対に大丈夫」というわたしの言葉を信じ、それはそれはがんばってくれた。2時間にもおよぶ講義を丸暗記し、夢の中でも毎晩講義をするようになったらしい。夢と仕事が直結している親子である。

研修当日。会場である千葉のお店まで、わたしと母は新幹線で一緒に向かった。母はずっと「気絶したらどうしよう」とぶつぶついっていたが、もう後には引けない。お店に到着したら、受講者である50人以上ものスタッフさんたちが出迎えてくれ、その熱気に圧倒された。母を見ると真っ青になっていた。

でも、母はやり遂げた。緊張と疲労でほぼなにも覚えていないそうだが、終わったときのことだけは、記憶に刻まれている。

「岸田先生のおかげで、車いすに乗っているお客さまの心配ごとがよくわかりました。これで自信をもってお客さまをお迎えすることができます。本当にありがとうございます」

ひとりのスタッフさんが、かけ寄って、ぺこりと頭を下げた。ボロボロになっていた母はスタッフさんよりも多く、深く、ぺこぺこと頭を下げて「わたしの方こそ、ありがとうございました」といっていた。

帰りの新幹線で、母はほろりと涙を流した。わたしは石のようにかたいアイスクリームをつつきながら、ギョッとした。

「歩けへんくなってから、はじめてだれかからありがとうっていわれたかもしれへん」

うん。

「こんなわたしでもまだ、だれかの役に立てたんや」

うん。

「奈美ちゃん、ほんまにありがとう。わたし生きててよかった」

うん。

アイスをつついたあと、疲れて寝たふりをしながら、わたしもほろりと泣いた。

ミライロに入って、社会でなにかを変えられたことなんて、わずかだ。街には車いすで行けない場所がまだまだある。でも、「死にたい」と一度はいった母の目に、少しだけ光が灯った。もがきながら見つけたあの光は、気のせいじゃなかった。

お世話になったミライロを飛び出して作家になったわたしは、また新しい光を探して、いまも笑いながらもがき続けている。

櫻井翔《さくらいしょう》さんで足がつった

わたしは密室で、櫻井翔さんと対面していた。時間にして、永遠にすら感じる30分。そして、最初から最後まで、無言。

落ち着いてほしい、本当だ。こじらせていない。断じて現実だ。たぶん。

2016年の春、わたしは株式会社ミライロで、広報の仕事をしていた。高齢者や障害者へのサポート方法を学ぶ、ユニバーサルマナー検定を、総力を上げて普及させているところだった。

そのユニバーサルマナー検定を受講しに来てくれたのだ。嵐の櫻井翔さんが。

日本テレビでNEWS ZERO《ニュースゼロ》を担当しているディレクターさんから「櫻井さんがユニバーサルマナー検定を、取材で受講したいそうです」と電話をもらったとき。「なんで？」心からのタメロが飛び出た。

この時期の櫻井翔さんは、テレビドラマで車いすバスケの選手役やリオオリンピックのリポーターに抜擢《ばってき》されるなど、それはもう目まぐるしい活躍をされていた。ディレクターさんの話を聞いている内に、少しずつ事情がわかってきた。これからパラリンピックなどで障害のある選手にインタビューする機会も増えるだろうから、失礼がないように自分も学びたいと、櫻井さんはいっているのだ。

「いやいや、そんないい人、います？」

「います」

「またまたあ」

電話口で「またまたあ」といったのは、これがはじめてだった。失礼極まりない。

当日を迎えるまで、半信半疑だった。というか、半信も半疑もする暇などなく、準備に追われていた。櫻井さんが一般人と鉢合わせしない動線の確保、そんな特大VIP客の参加を受け入れてくれる研修会場、受講者。そのすべてを3日間で準備した。目がまわった。

櫻井翔さんがお越しあそばされるというのに、当日のわたしはといえば、枝毛だらけの髪に、徹夜でコンタクトが入らず瓶底《びんぞこ》のような眼鏡をかけていた。一昔前の少女漫画なら「フッ……おもしれーやつ」といわれる地味ダサビジュアルだ。しかし残念ながら、ここは現実だった。鏡の前にいるのは、ただの薄汚れて疲れ切った広報担当だ。

検定会場のエレベーターホールで、いまかいまかと、櫻井さんを待ちわびる。8頭身くらいあるスーツ姿の男性が降りてきたとき。もう、半信半疑もなにもかも、すべてがぶっ飛んだ。

すごい。めちゃくちゃカッコいい。

眩《まぶ》しい。直視できない。目で見るタイプの点滴だった。

ポタポタ、じゃなくて、点滴の袋を力の限り、押ししぼられてる感じ。ギュウウッ。急患はここだ。

わたしは、弾《はじ》かれたようにかけ寄って。

「櫻井さん！　今日はよろしくお願いします」なーんつって、我先にとあいさつしたんですよ。

うん。

完全なるマネージャーさんだったのね。びっくり。本当に直視できてなかった。不安全部乗せの走り出しで、もう頭が真っ白になっちゃって。気づいたら、櫻井翔さんが目の前にいた。いつからいた。

今度は360度、どこからどう見ても櫻井翔さんだった。

ユニバーサルマナー検定では、車いすに乗ったり、アイマスクをつけたり、高齢者体験キットを装着したりして、障害者や高齢者の体験をしてもらうことになっている。

車いすに乗ったまま手で扉を開ける、っていうめちゃくちゃむずかしい体験も。

「あーなるほど」と櫻井さんはボソッとつぶやいて、一発でクリアしてた。いるんですよね。世界の主人公って。

わたしは、高齢者体験キットを櫻井さんに装着するという、大役を仰《おお》せつかりまして。たぶんこの先、一生いないよね。櫻井さんを高齢者にした女は。

キットには、腰のサポーターと足のサポーターをひもで結び、ひざを強制的に曲げさせるという機能がある。

「じゃあ、結びますね」

あたしゃプロなんだからこんなことで動揺しないわよっていう雰囲気をこれでもかというほど、醸《かも》し出していたのだけど。

足、なっげーの。めちゃくちゃ、なっげーの。

なんていうか、想定外の長さ。わたしの足が青森〜広島間くらいだとすると。櫻井翔さんの足、シベリア〜シドニー間くらいあった。季節すら越えていく足の長さ。キットが全然追いついてないよね、彼のプロポーションに。

高齢者どころか、マスター・ヨーダかなってくらいの頭身に、なっちゃって。やっべえ、このままじゃ櫻井さんをマスター・ヨーダにした女になってしまう。

櫻井さんはいい人すぎるので「これはつらいですねー」って、すっごいキラキラした目で見つめてくる。申し訳なくて、いたたまれない。

でも、ひもがもう限界。パッツパッツ。はじけりゃYea！　状態。なんとかかんとか、無理やりひもを調整し、その場を切り抜けた。ちなみにこの間もずっと、カメラまわってますから。

一歩間違えれば放送事故！　ってな状況で、間違えまくりつつ、ひと通り体験が終わって、最後に筆記試験を迎えた。

このときの櫻井さんは、嵐のコンサートが迫っていて、リハーサルで超多忙だった。だからわたしは、櫻井さんがもってきたノートを見たとき、目の玉がはじけるかと思った。自主的に勉強したという彼のノートは、びっしりと書き込みで埋まっていた。なんかもう、圧倒されてしまって。真っ先に浮かんだ感想が「櫻井翔さんって、文字書くんだ」だった。

「知的障害のある方って運転免許をとられるとき、どうなさってるんですか？　聴覚障害のある方が運転しているマークはありますよね」

テキストに書かれていない範囲まで想像して、質問してくれる櫻井さん。まず質問のレベルが高い。尊《とうと》すぎてわたしは「アッ……アッ……」としかいえない、カオナシ状態だった。ちゃんとあとで答えた。

そういうわけで、冒頭の密室の登場である。

30分間のふり返り試験の監督を、わたしが務めることになった。正直、収録が無事に終わるのかという心配でいっぱいいっぱいだったため、全然自覚がなかった。

あーはいはい、30分間、座ってりゃいいのね、とナメてかかっていた。しかしその日、人類は思い出した。わたしの目の前にいるのは、世界の主人公である恐怖を……。

黙々と問題を解いてる櫻井さんを放心状態でながめていたわたし。15分くらい経ったころ、唐突に押し寄せてきたのだ。非現実的な現実の自覚が。

足がつった。

わたしは座ってただけで、何もしていないのに、なんか急に足がつった。

すごい。人は許容量以上のイケメンを見ると、足がつるのか。

耐えれてない。わたしの関節が、イケメンに、耐えれてない。

あとから聞いたら、たぶん疲労と寝不足からだろうと医者の知人にいわれたのだが、わたしはイケメンでつったといまでもずっと信じている。

あと、収録が終わって体重計に乗ったら、2キロ増えていた。身体が生きようとしていた。

許容量を超えたイケメンに死を覚悟した身体が、生きようとしていた。冬眠前のヒグマかよ。物理的に負傷しながらも、無事に収録は終わった。櫻井さんはというと、驚異の100点満点で合格された。

100点って、すごいのだ。当時の試験だと、100点なんて50人にひとり、いるかいないかなので。

放送後、一瞬で半年先まで、ユニバーサルマナー検定の席が埋まった。主婦や女子学生の方々が大半だった。櫻井さんのおかげで多くの人が、障害者や高齢者に向き合おうと思ってくれたのだ。

めちゃくちゃ、ありがたかった。

ただひとつ、謝るべきことがあるとすれば。番組の終了後、ピンク色のジェットストリーム3色ペンが、飛ぶように売れたという後日談がある。Amazon《アマゾン》だと、売り切れたりなんかして。文字通りの爆売れ。なんでかっていうと、試験中に櫻井翔さんが使っていたシーンが映ったからである。

ごめんなさい。本当にごめんなさい。

あれ、わたしのペン。ただのペン。

ディレクターさんにペンないから櫻井さんに貸してあげて、っていわれて、ボーッとしながら貸した、ただのペン。

でも、櫻井翔さんが使って100点をとったペンであることは間違いないので、ご利益はあると思うんだ。多分、あると思うんだ。

だれかとわたし

よい大人ではなかった、よい先生

生まれてこの方、トラブルばかりに見舞われる。

しかし立ち行かなくなったとき、どこからともなく助けてくれる人が現れるという豪運《ごううん》っぷりだけは、大手をふって自慢させてほしい。


高校生のとき、わたしを助けてくれた先生の話をしよう。

17歳のわたしは、はちゃめちゃに焦《あせ》っていた。

家には病気の後遺症で歩けなくなって、苦しみながら入退院をくり返し、リハビリに打ち込む母がいた。「死にたい」と打ち明ける母に、わたしは「もう少しだけ時間をちょうだい。大丈夫だから」と口からでまかせをいって、食い止めた。策なんてなかった。

しかし、勝てば官軍。あとから大丈夫にすればいいのだ。わたしはありとあらゆる手段を求めて奔走《ほんそう》し、たどりついた高校の進路相談室で、とあるパンフレットを手にしていた。兵庫県にある関西学院大学の入学案内だ。表紙にはこう書かれている。

「日本初！　福祉とビジネスを同時に学べる、社会起業学科を新設」

「渡りに船」とはこのことだ。わたしの父は経営者だった。脳裏に、『進め！電波少年』のごとく、ボフンッと父と母の顔が浮かぶ。

この大学に行けば、父が得意だったビジネスの力と、母を助ける福祉の力を、同時に得られるかもしれない。最強の二刀流じゃん。宮本武蔵じゃん。

「ここだ。ここに進学するしかない！」

そういってわたしが鼻息を荒くしたのは、高校2年生の秋が終わるころだった。

すぐさまノコノコと街へくり出し、模試なるものを受けにいった。届《とど》いた結果に、思わず目をおおいたくなった。でかでかと印字された合格判定は「E」。WやZに比べたらまだ前の方のアルファベットでよかったなとのんきに思ったのだが、Eは一番下のランクだった。合格確率は5%以下。一説によるとアイスのガリガリ君がもう1本当たる確率と同じである。数え切れないほどのガリガリ君を食べてきたが、当たったことなど一度もない。ガリガリ君を当てにいくノリで、入試を受けにいかなければならない自分に、愕然《がくぜん》とした。

E判定の項目には、ご丁寧《ていねい》に「志望校の変更を」と書かれていた。ぐうう。ガリガリ君はあきらめて、ヤッターメンにすべきか。あれなら何回か当たったことがあるぞ。

でも、どうにもあきらめきれなかった。

ならば道はひとつしかない。学力を伸ばすだけだ。しかし道がわかったところで、進めるかどうかは別問題なのだ。わたしはそもそも高校の授業についていけてなかった。

高校1年生のとき母が倒れてから、わたしは病院へお見舞いに通いつめていた。自宅から2時間くらいかかる場所にあったので、行き帰りだけで泥《どろ》のように疲れてしまい、気がつけば授業で寝落ちしていた。

するとあっという間に授業がチンプンカンプンとなり、英語の授業などは特に、机に大好きなバンプ・オブ・チキンの歌詞を書く時間と化した。午前二時フミキリに望遠鏡を担いでいってる場合ではない。

塾に通うという選択肢もなかった。そんなお金、とてもじゃないがうちにはない。

岸田家を構成するのは入院中の母、高齢の祖母、ダウン症の弟、そしてわたし。みんな必死に1日を生き延びる、満身創痍《まんしんそうい》のチームだった。

「世界でいちばん簡単な参考書」と帯に書かれた参考書を手にとってみたものの、なにひとつわからなかった。もはや生まれてくる世界すら間違ってしまったのかと不安になる。

そんな折、さらなる「渡りに船」の情報を入手した。どれくらいの船かというと、プール・カジノ付きの20階建て豪華客船レベルだった。「渡りに豪華客船」といっても過言ではない。

近所にある整骨院の院長先生が、なんとその昔、大手の塾で英語を教えていたらしい。どんな経歴なんだ。しかしそんなことを気にしている場合ではなかった。

整骨院に飛び込んで、先生に事情を話した。すると先生は快諾《かいだく》してくれた。ちょうど母が退院したタイミングだったので、3人でご飯でも食べながら戦略を練ろうということになり、我々は居酒屋に集合した。

模試の結果を見ながら話すかと思いきや、先生はいきなり1枚のプリントをわたしに手渡した。

「ほな、その線が引いてるところを和訳してみ」

プリントには、こんな英文が書かれていた。

This tree bears two good fruits, so I want to pick that.

（この木はふたつの実をつけるから、わたしはそれを摘《つ》みたい）

ここからわたしが読みとれたのは、bearがクマということ、fruitsがフルーツということと、pickがなんか引っかけるとかそういう意味っぽい気がしたことだけだった。

「この木に、わたしは2匹の……クマを……つり下げたい……？」

猟奇的《りょうきてき》すぎるわたしの発想に、先生はギャハハハと大笑いしはじめた。なんというかどう見ても、酔っぱらいにからかわれていた。大丈夫なのか。

「bearには実をつけるって意味があるんや」

「そんなの聞いたことないですよ」

「うん。受験で使うような有名な単語ではないからな」

そんなのわからなくて当たり前じゃないか。わたしはポカンとした。

「前後の文がちゃんと読めとったら、この単語の意味がわからんくても、なんとなく予想できるねん。ってことは、君は全然英語が読めてへんってことやな」

ガッハッハ、とまた笑いながら先生はビールをおかわりした。めちゃくちゃ不穏《ふおん》なすべり出しだけど、本当に大丈夫なのか。助けを求めるつもりで母を見ると、母はニコニコしながら七輪でスルメを焼いていた。どんな心境なんだ。

しかし、わたしにはもう後がない。先生についていくしかなかった。

先生は週1回、わたしに英語を教えてくれることになった。整骨院がとても忙しく、診察の休み時間に教えてもらうこともあれば、居酒屋で教えてもらうこともあった。さすがに未成年を居酒屋に入りびたらせるわけにはいかないので、そういうときは、母も物見遊山《ものみゆさん》でついてきた。どうでもいい話だが、母はスルメを焼くのがとても楽しかったらしく「北のオヤジ」という原型のないあだ名がつくくらい、焼くのが上手くなっていた。

先生は、お金も必要ないといってくれた。その代わりわたしに条件を出した。

ひとつ。先生が出す宿題を、なにがなんでもやってくること。

ふたつ。先生のやり方に、口を出さないこと。

わたしはふたつ返事で、わかりましたと答えた。

「これ、全部暗記な」

そういって先生は、わたしに短い英文が印刷されたリストを渡した。その英文の数なんと、500におよぶ。

「これを全部暗記ですか？」

「おう。和訳見ただけで、一瞬で英文が思い浮かぶまで覚えるんや」

「えーと、単語帳とかは？」

「いらん。この英文だけや」

びっくりした。英語の受験勉強といえば、なにはなくともまず英単語だと思っていたし、クラスメイトも分厚い英単語をすきあらば開いていた。それすらもいらないと先生はいうのだ。

「今日は……そうやな、10個でええわ。10個だけ暗記してみ」

最初の内は余裕だった。I want to study today. とか、It is a beautiful mountain. とか、そんな英文だった。

でも20、30、と数をこなしていくと、途端《とたん》に覚えづらくなった。和訳が書いてあるから読めないことはないものの、なんだか英文の構造が複雑で、とっつきにくいのだ。

「おっ。つまずいてきたか。それはな、文法がわかってないからや」

先生はなんだか楽しそうにいった。そしてわたしに1冊の分厚い本をよこした。英語の文法の参考書だった。めちゃくちゃむずかしそうな本だなと思ったが、それもそのはずだ。学生が参考にする本ではなく、塾の先生が参考にする本だった。先生のお古だという。

「わからん文法はその本で調べろ」

「はあ、わかりました」

「そんで、おれに説明できるようになれ」

なぜなのか。わたしは困惑した。わたしが理解したならば、それでいいのではないか。

「アホか。患者に説明できないけど、参考書読んだから大丈夫ですっていう医者に、手術させるか?」

知識は人に説明できるようになり、はじめて理解できたといえるらしい。薄々わかっていたが、この先生、異常に弁が立つのだ。いい負かすことなどできるわけもなく、しぶしぶわたしは、文法の参考書を開いた。

先生に文法の説明をしてみるものの「ぜーんぜんわかりませーん」「矛盾《むじゅん》してまーす」など、憎《にく》たらしさを火にかけて煮こごりにしたような演技のオンパレードで、何度か参考書でなぐりそうになった。

寝ても覚めても英文のことばかり考えているので、夢にまで見るようになった。英文にうなされたのは人生ではじめてだ。

高校3年生の秋が終わるころ。わたしは500もの英文をすべて暗記していた。

「おお、マジでやったんか。いやあ、すごいわ。できると思わんかったわ」

北のオヤジことわたしの母が焼いたスルメをかじりながら、先生は拍手した。達成感はあるものの、だからなんやねん、ともいいたくなった。もう受験まで2か月を切っているのに、わたしは一度も長文問題を解いていなかった。受験英語の肝は、長文なのだ。

「大丈夫や。ほなこの過去問の長文、読んでみ」

「読んでみっていったって……」

読めるわけないやろ、といいかけて、やめた。

「読める……読めるぞ……」唐突にわたしは、ムスカ王となった。本当に読めるのだ。わからない単語はもちろんあるが、なんとなく前後の文章のニュアンスでわかる。先生は自慢気に笑う。

「500も英文覚えとったらな、たいていの英文は同じ文法や似た熟語でできてるから、読めるねん。しんどいけど覚えてよかったやろ?」

なにをさせられているのか全くわからなかったが、いまようやくわかった。「本当にいい人だったよ、君の義理のおじさんはね」とか「となり町のメアリーが、犬をぬすんで逃げているのを見た」とか、こんなん覚えてどないすんねんと思っていた英文ですら、意味があったのだ。

わたしの頭にある500の英文が宝塚のごとくラインダンスをおどり、わたしを祝福した。

わたしはもう軽率に2匹のクマを、木につるしたりしない。クマたちでさえも、いまは手をとりラインダンスをおどっている。

ちなみに「英語以外の教科はどうしたらいいですか」と聞くと、早々に「おれはわからん」といって、盛大に匙《さじ》を投げられた。

「そのかわりこれ全部読め。塾で教えてることが全部書かれてるから」

そういって、漫画『ドラゴン桜』（講談社）の全巻セットを渡された。落ちこぼれの高校生が、東京大学合格を目指す話だ。

受験勉強に漫画なんて。半信半疑どころか、一信九疑ぐらいだった。全巻読むというのはけっこう大変で、高校にもドラゴン桜をもっていき、すきあらば開いた。

クラスメイトが休み時間も一生懸命勉強している横で、わたしは黙々と漫画を読んでいるのだから、まわりからは「岸田がついにあきらめた」と散々いわれた。うるさい。あきらめてない。

ドラゴン桜は本当にすごかった。特に漫画に出てくるメモリーツリーという暗記の方法は、受験だけでなく社会人になったいまでも愛用している、かけがえのないテクニックだ。英語ほどの急成長とはいかなかったが、国語と世界史は、ギリギリの点数がとれるようになった。

受験日を目前に控えたわたしに、先生はいった。

「最後にこれ、和訳してみい」

英語で書かれたパンフレットだった。食べものやジュースが紹介されているのだが、聞いたことのないフルーツの名前や、見たことのない表現に手こずった。この和訳が一番むずかしかったかもしれない。

それでもなんとか和訳して、書き写したノートを先生に渡すと、先生はうれしそうに「おれが教えることはもうない。君なら合格できる」といった。

わたしはほろり、と涙をこぼした。

2月9日。受験の結果が発表された。

わたしはすべり止めの大学を受けておらず、一発勝負だった。この大学に行けないなら働こうと思っていた。だから、母と手に汗にぎりながら、パソコンの画面を見ていた。

結果は合格。

ワアとかヒャアとか、言葉にならない言葉を叫《さけ》んだあと、わたしは外へと飛び出した。突き刺すような冬の寒さのなか、息を切らして走る。

整骨院に着いて、先生の顔を見るなり「合格しました」といった。もしかして泣いてくれちゃったりするだろうかと思っていたら「合格すると思っとったわ」とあっさりいわれ、拍子抜けした。

その夜は、居酒屋で北のオヤジが焼いたスルメを食べながら、お祝いしてもらった。

どこをどう思い返しても、おかしな先生だった。

勉強を教えてもらっていたとき「電気治療の機械を新しく仕入れたから試してほしい」と頼まれ、快諾した。するといきなり最大出力の電気を体に流され、腰を抜かしそうになったわたしを見て、先生はゲラゲラ笑っていた。

受験もう間近だというのに「ほなスノボでも行こか」と、先生の急すぎる思いつきで雪山に4週間連続で連行されたこともある。受験生にすべるとか転ぶとか、絶対にタブーのはずだが、スノボが大好きな先生には関係がなかった。

雪山へ向かう車内や、山頂に向かうリフトの上で、英語の復習をさせられた。わたしはスノボなんてやったこともなかったのに、受験が終わるころには、スイスイすべれるようになっていた。

いい大人では、なかったと思う。でもわたしがこれから先、強く生きていくために、必要なことをたくさん教えてくれたのが先生だ。

知識は人に説明できるようになり、はじめて理解できたといえる。

この考え方が体に染み付いているおかげで、わたしは書くということを仕事にできている。感動を覚えたことを、自分の言葉で、説明できている。

そういえば。大学生になってしばらくしてから、先生に尋《たず》ねたことがある。

「わたしが最後に和訳したパンフレットって、なんのパンフレットだったんですか？」「あれはな、患者さんからもらった、怪しいネットワークビジネスのパンフレットやで」

北のオヤジに、この先生も焼いてくれと、頼みそうになった。

選び続ける勇気

「奈美ちゃん。こっちだよ」

カフェに入ろうとすると、待ち合わせていた人の声がした。

カメラマンの幡野《はたの》広志《ひろし》さんだ。

びっくりした。この日の最低気温は2度。それなのに幡野さんは、テラス席にいた。

しかも冷たいオレンジジュースを飲んでいた。風の子なのかな。

「こっちの方が明るいし、気持ちよさそうだなって思ったんだよね」やっぱり、風の子なのかな。

わたしは幡野さんの前の席に座った。

数週間前。cakes《ケイクス》（現在は停止）というメディアから、幡野さんと対談しないかといわれ、わたしは「やります」と即答した。

幡野さんは、東京駅でわたしと母と弟のすばらしい写真を撮ってくれた人だ。たった1回、2時間ほど会っただけなのに、しかもほとんど写真を撮っていたからしゃべったのは15分くらいだったのに、わたしは幡野さんが大好きになっていた。

どれくらい大好きかっていうと、ドラえもんくらい大好きだ。我ながらまたよくわからないたとえをしてしまったが、聞いてほしい。

のび太が困ったときにドラえもんを頼るのは、ひみつ道具がほしいだけではない。ドラえもんは、のび太を信じてくれるからだ。

タイムマシンも、もしもボックスも。どんなひみつ道具も、のび太の失敗っぷりにはかなわない。それでもドラえもんは、懲《こ》りずにのび太を助けるのだ。

のび太の行動にあきれることはあっても、決して見放したりはしない。だからのび太は、泣きべそをかいて、自分をさらけ出し、ドラえもんを頼る。

わたしはそれを「愛」と呼んでいる。急に壮大な話になってしまったが、もうすぐ終わるからあと少し辛抱してほしい。

愛とは、期待もせず見返りも求めず、ただ信じることだと、わたしは思う。

幡野さんは愛のある人だと思うのだ。幡野さんの写真によく登場する、ウルトラキュートな息子の優くんについて語るとき、それはそれは幡野さんは静かな愛にあふれている。幡野さんが人生相談に乗ってくれるcakes《ケイクス》の傑作連載「なんで僕に聞くんだろう。」は、優くんに相談されたつもりで答えているそうだ。

この連載はめちゃくちゃいい。なにがいいって、幡野さんの答えには、うそも期待もない。ただ思ったことがそのまま書かれている。これはいい。読後の心の軽やかさたるや、元大相撲力士・琴欧洲《ことおうしゅう》のブログに匹敵《ひってき》する。

これまで1回会っただけなのに、わたしは幡野さんにはなんでも聞けると思った。とりあえずピンチになったら、ドラえもんの次に、幡野さんを思い浮かべるくらいにはなっていた。

そんな幡野さんと対談できるのだ。行くっきゃないだろう。

ちょうどわたしは会社を辞めて、作家として独立したタイミングだった。この独立は計画的という表現からは対岸も対岸にあったので、それなりの不安も渦巻《うずま》いていた。幡野さんに勇気をもらいたかった。

「会社を辞めて、作家になりました」

「おめでとう！　そっか、そっか」幡野さんはとても喜んでくれた。

「今日は幡野さんに、作家になるわたしの悩みを聞いてもらおうと思って」

「うん、なんでもどうぞ」

「住む家が見つかりません」

「そ、そこから⁉」

そこからなのである。わたしは焦《あせ》っていた。

社宅を出なければならない日まで、あと2週間を切っていた。会社を辞めるため、なにがなんでもひっこさねばならない。

でも、住む家がさっぱり見つからない。

世はまさに大ひっこし時代であった。時代っていうか、シーズンであった。入学や就職を控えた人たちが押し寄せ、東京のあらゆる物件が埋まっていく。この日の朝も内見の予定があったのだが、物件が契約されてしまいオシャカになった。

次に、わたしが探している家の条件が少し特殊だった。車いすユーザーの母が仕事で頻繁《ひんぱん》に上京して泊まりに来るので、駅から近く、フラットな動線で、階段のない広い家を探していた。

最後に、わたしは信用がなかった。書いていて悲しくなるが、本当にないのだ。奨学金を借りていること、母と弟に障害があり、わたしになにかあったときの支払い能力が低いことがネックになり、入居に必須の保証会社の審査に落ちまくった。審査に一発芸があるのならば、通過する自信があったのだが、残念ながらそんなルートはなかった。ちくしょう。

毎日、毎日、家を探して街を徘徊《はいかい》するも、見つからない日々。すきま風の吹く部屋にて、みかん箱で原稿を書く自分の姿が浮かんだ。

「もう一生見つからない気がして、泣きそうです」

「あー、おれも実は家借りられないんだよね」

「えええっ。な、なんでですか？　死ぬから？」

死ぬから⁉

動揺しすぎて、とんでもねぇ返しをしてしまった。となりに母がいたら、間違いなくわたしを平手打ちしていたと思う。パァンと。

幡野さんは、余命宣告を受けたがん患者だった。

「そう、死ぬから」幡野さんは大笑いして、うなずいた。

なんでわたしがこんなに動揺したのかというと、信じられなかったのだ。こんなに人柄もよくて、本をいっぱい出して、社会的な信用がある人でも借りられないのか。病気というだけで。

すごくショックだった。

「おれがオーナーだったら、絶対におれには貸さないもん。急に死んじゃったら、事故物件になっちゃうじゃん」

「なりませんよ」

「だからおれ、事務所借りたいんだけど、借りられないんだよね。奈美ちゃんと一緒だ」

ここにきて、家を借りられない者たちの邂逅《かいこう》になってしまった。どんな対談だ。

「でもね、これは病人的発想なんだけど」

病人的発想。なんたるパワーワード。はじめて聞いた、一生忘れられない枕詞《まくらことば》である。

「死ななければ、なんとかなっちゃうんだよ。だから最近のおれの判断基準は、死ぬか死なないかになってる」

突如としてサバンナのおきてみたいな雰囲気になってしまったが、一旦、幡野さんの話を聞いてみることにした。

幡野さんは最近、飛行機に乗り遅れたそうだ。

仕事が終わった幡野さんは、送迎車に飛び乗った。高速道路をビュンビュン飛ばし、ガッツンガッツンはねる車内で幡野さんは「あ、これ死んじゃうかも」と思ったらしい。

ちょっと考えたあと、幡野さんは運転手に「飛行機に乗り遅れても死にませんが、いまここで死んじゃうかもしれないので、急ぐのはやめましょう」と伝えたという。

運転手さんは、急に後ろで幡野さんが悟《さと》りだしたと、びっくりしたんじゃないかとわたしは思う。

「そんなわけで、まあ別に死なねえならいっかな、で最近は判断してる」

「なるほど。わたしの家が見つからなくても、死にはしないと」

「うん。なんとかなるし、奈美ちゃんならきっと、なんとかなっちゃうよ」

なんだか、肩の力が抜けた。そっか。みかん箱が机になっても、母が過ごしづらい家でも、それで死ぬことはない。生きようと思えば、なんとかなるのだ。

家が見つからない焦《あせ》りで、不安がいくつも泡みたいに浮かんできて、うまく打開できないことで自信をどんどん失っていたと気づいた。

悲観は気分、楽観は意思。

外国のなんか立派な人が、そんなことをいっていた。

わたしは全然、つんでなどいなかった。

「そうかあ、そうですよね。死ななきゃいいのかあ」

ついでにわたしは、家が見つからないことについて、だれも頼っていなかった。他人に迷惑《めいわく》をかけるなんて申し訳ないから、ひとりで解決しなければとやっきになっていた。でも、幡野さんの話を聞いて、申し訳なさで死ぬことはねえなと思ったので、いっそ泣いて頼ることにした。

オーナーに話を通し、条件ぴったりの家を探してくれたスーパー恩人が出現したのは、幡野さんと話した数時間後のことだった。なんとかなってしまった。

「あの、さっきから思ってたんですけど」わたしは恐る恐る、幡野さんに聞いた。

「幡野さん、本当にがんで死ぬんですか？」

「うん、死ぬよ」

今日はやたらと、死ぬという言葉のハードルが低い。

「真冬にテラス席なんかにいて、大丈夫なんですか？」

「そりゃこんなところより、病院の滅菌室《げんきんしつ》にずっといた方がいいよね。でもそんなの、つまらん人生よ」

「そうですけど……」

「生牡蠣《なまがき》だって食中毒になるかもしれないけど、みんな食べてるでしょ？　おいしいものにはリスクがあって、楽しいことにもリスクがあるんだよ」

「幡野さんは楽しい方を選んでるんですね」

「うん。外で好きな人に会って、好きなことして、好きな写真撮って。それで寿命が多少縮んでも、あんまり気にしないな」

幡野さんはガハハと豪快に笑った。聞いてるこっちは、ちょっとハラハラする。

「もしわたしががんになったら幡野さんと同じように思うかもしれませんが、家族ががんになったら『外なんか行かないで、病院にいて！』っていうかもしれません」

「奈美ちゃんの気持ちはわかるけど、それって結局は自分が悲しみたくないからだよね？」

うっ。

「本人が悲しんでるかどうかは別でしょ？」

ううっ。図星だった。家族が病気になったとき、食べものも外出も、楽しいことを何もかも制限したとしても、少しでも長生きしてもらいたいと思う。でも、それを本人が望んでいるかどうかは、わからないのだ。

「これちょっといづらいんだけど、死ぬ方はたぶん楽なんだよね。しんどいのは残された方だよ」

「ああ、それはすごくわかります。わたしの父は死んで無念だったかもしれないけど、死んだらそれで終わりだし。わたしたちは悲しくて、いろいろ大変だけど」

「だよね。天国に恐竜とかいたら、そっちはそっちで楽しいしね」

天国に恐竜はいるのだろうか。唐突なジュラシック・パークがコーナーを曲がってきたので、わたしはとまどった。

「悲しいかどうかじゃなくて、残される人の後悔をどう減らせるか、を考えた方がいいと思うんだよね」

我慢の日々を送り、少しでも長生きしてもらって見送る方が、後悔しないという人もいるかもしれない。

でも幡野さんは、自分が死ぬ直前まで好きなことをやって、楽しみまくったのを見届《みとど》けた方が、そばにいる人の後悔は減るんじゃないかと考えている。

「自分が悲しいかどうかじゃなくて、本人が何を望んでいて、そのために自分は何ができるのかを考えるってことですね」とても腑《ふ》に落ちた。

「そう。生死に関わらず、僕はサポートってそういうことだと思うな。サポートって相手に押しつけるものじゃなくて、相手を手伝うことだから」

サポートの意味だけは、これから先も絶対に間違えないようにしようと、強く思った。

わたしはまたもや、幡野さんに聞きづらいことを聞いてみた。なんでも心の内を、息するみたいに話せてしまう。だからわたしは幡野さんが大好きなのだ。

「幡野さんはがんだけど、自分ががんになったからこそ、家族や身近な人にはがんになってほしくないって思いますか？」

幡野さんは腕組みして、うーんとうなった。

「そりゃ、大きな病気はしないに越したことはないよ」

「そうですよね」

「でも、がんって多くの人がかかっちゃう病気なんだよ。だから、がんにならないことを願うだけじゃなくて、がんになってしまったときに、そこからどうするかを考えられるようになってほしい。あわてふためいてしまうだけじゃなくてね」

目から鱗《うろこ》がぽろぽろと落ちていく気分だった。家族が病気にならないよう祈ることが大切なのではなく、病気になったとき、そこからどう生きるかを考える力の方が大切なのだ。

「スノーボードと一緒ですね。スノーボードもまず転び方から習うんですよ」

「そうなんだ！」

「雪山で転ぶのは当たり前だから、転ばないようにするより、転んだあとどう立て直すかが大切ってインストラクターから聞きました」

実際はインストラクターではなく、わたしに受験勉強を教えてくれた謎の整骨院の先生の話なのだが、ご存じのとおりややこしいので、幡野さんにはかいつまんで伝えた。

わたしの場合、人生で転んでしまったあとの立ち上がり方を教えてくれたのは、父かもしれない。父のなんでもユーモアに変えてしまう背中を見ていたから、父が死んでも、母が病気になっても、絶望の底でずっとうずくまるのではなく、前へ前へと歩き続けられたのかもしれない。

「起こるかどうかわからないことにおびえるより、起こったあとにどうするかを、家族と考えたいよね。僕がこれからずっと、家族のことをサポートし続けられるわけじゃないから」

不思議だ。人はだれしも、大切な人のそばにずっといられないかもしれないという意味を含む言葉なのに、深い愛が透けて見えた。

作家になるまで、いろんな出会いがあった。たくさんの気づきが、わたしの背中を押してくれた。

そのひとりが、幡野さんだった。

幡野さんは「家族は選ぶことができる」と、わたしに教えてくれた。

ここからは、幡野さんの本『ぼくたちが選べなかったことを、選びなおすために。』(ポプラ社)に書いてある話だ。

NASA《ナサ》における家族の定義は、ふたつある。ひとつは直系家族、もうひとつは拡大家族だ。

スペースシャトルが打ち上げに失敗し、大事故になったとき。乗組員の家族はパニックになる。いち早く心理的・医学的なサポートを行うため、医療チームや支援スタッフと一緒に、家族は特別室で打ち上げを見守ることができる。

その特別室へ入ることができるのが、直系家族だけなのだ。

直系家族の範囲は、配偶者、子ども、子どもの配偶者まで。両親や兄弟は、拡大家族なので入れない。幡野さんはNASA《ナサ》の話を聞いたとき驚いたが、よくよく考えれば腑に落ちたという。

生まれるときに、親を選ぶことはだれにもできない。でも、パートナーを選ぶことはだれでもできる。自分で選んだパートナーこそが、家族の最小単位だ。

家族は選択できないものから、選択できるものになっている。自分によい影響を与える人の存在は、自分で選ぶことができる。

幡野さんなりの解釈を読んだとき、わたしは、涙があふれた。

わたしはずっと、後ろめたさを感じながら、会社員をやってきた。仕事は好きなのに、会社員でいることがつらかった。うっかりミスを連発し、コミュニケーションも失敗ばかりだった。学生のころから感じていた、ちょっとした生きづらさが、どんどん肥大化《ひだいか》した。

わたしはなんてダメなやつなんだろう。悔しさと情けなさの濁流《だくりゅう》におぼれそうになったわたしを助けてくれたのは、いつも家族だった。

でも、家族にすらわたしは後ろめたさを感じていた。家族なんだから、わたしの味方をしてくれるのは当たり前。それに甘えてはいけない。そう思っていた。

でも、ようやく気づいた。

家族だから愛したのではない。愛したのが家族だったのだ。

東京駅で幡野さんに撮ってもらった、家族の笑顔の写真が、新しい意味をもった。わたしは家族を信じることを、自分で選んでいいのだ。逆もまた同じで、家族はわたしを信じることを、選んでくれたのだ。

おそるおそる、父と母と弟と過ごした日々を楽しく書いてみたら、たくさんの人に読んでもらえた。わたしの後ろめたさは、言葉にしてみれば、それはわたしにしかない個性となった。

わたしのエージェントをしてくれている編集者の佐渡島庸平さんは「岸田さんはたくさん傷ついてたくさん苦しんできたから、こんなにおもしろい文章が書けるんだね」といってくれた。わたしのことも、わたしが選んだ家族のことも、認めてもらえたようで救われた思いがした。
いい言葉は、いい場所へと、連れていってくれるはずだ。
今度は、自分の居場所をわたしは選ぶことにした。だから作家になったのだ。
「死なきゃ、なんとかなっちゃうよ」
幡野さんの軽やかな言葉を。これからも選び続けていくための、勇気に変えて。
いつでも頭の中で再生できるようにしておくんだ。

家族だから愛したんじゃなくて、愛したのが家族だった

わたしが背中を丸めてひっそりと住む東京に、母と弟がやってきた。
ひろ実と良太がやってきた、ともいう。
母から入ってきた情報によると、新幹線の中で良太は何度も「奈美ちゃんは？」
と、母にたずねていたそうだ。
ほう、なるほど。悪い気はしないぞ。
それはもう猛烈《もうれつ》な感動の再会になるだろうと踏んで、相応の心構えをしていた。
改札から、良太が姿を現す。
「よう」
真顔でいわれた。それだけだった。ちょっと、ちょっと、話が違うじゃないか。
弟心は秋の空より移り変わる。

今回、岸田家が集結した理由は、ただの観光ではない。
写真家の幡野《はたの》広志《ひろし》さんに撮影してもらう、というスペシャルイベントがあった。ちなみに結論からいうと、幡野さんにパシャリしてもらった写真はどれもことごとく、ばかみたいに泣けるものばかりだった。わたしと母は、ばかみたいに泣いた。

このとき、わたしは幡野さんに一度も会ったことがなかった。会うことになったきっかけは、おなじみのツイッターだった。幡野さんがわたしのブログを読んでいたとき、わたしは幡野さんの本を読んでいた。その偶然がツイッターの投稿でわかり、ふたりともびっくりしながらメッセージを送りあい、約束をとりつけた。

幡野さんは、血液がんだ。がん患者さんに会うのは、これがはじめてだった。子ども用プール並に思慮《しりょ》の浅いわたしは、東京駅へ向かう電車でずっと「病気の人が、かけられて嫌だった言葉」というネットで見つけた体験談を読んでいた。

そこには、こんなことが書かれていた。

「がんの治療をしている人に、食べもののお見舞いは注意すること」

血の気が引いた。

わたしのリュックには、ちょっとお高い蜂蜜《はちみつ》のびんがふたつ、入っていたからだ。幡野さんに渡そうと、買ったのだった。

後悔しながら待っていると、「岸田さん!」と声が聞こえた。顔をあげる。幡野さんだった。

幡野さんにあいさつをして、家族を紹介した。

「あっ、これどうぞ」

幡野さんが、ビニールに入ったなにかをくれた。

「なんですか、これ」

「どら焼き! さっき、そこで売ってた」

「どら焼き……」

「おいしそうだったから」

わたしたちは3人なのに、どら焼きは5個もあった。笑ってしまった。

そこにいたのは、重い病気の患者さんじゃなくて、ただの幡野さんだった。

「それじゃあ、わたしもこれを」

蜂蜜《はちみつ》を渡すことへの迷いは、もうなかった。幡野さんは、ぱあっと顔の彩度と明度を一気にあげて、笑ってくれた。

わたしたちは、どら焼きと蜂蜜《はちみつ》を、物々交換した。絵本みたいな世界観だなと思った。

16時30分の東京駅には、すぐそこまで、夕暮れが迫っていた。いつもは夜が好きな方だけど、今日だけは夜から逃げるように、わたしたちは歩き出した。

「Apple《アップル》のAirpods《エアポッズ》ってすごいねんで。ケースにしまうとき、ちゃんと右の子か、左の子か、わかるようになってんねん」

母が語る最近の発見とやらに、耳を疑った。イヤフォンに対して、母性がにじみ出とる。そんな母の車いすは、わたしが押したり、弟が押したりした。

車いすを押すというと、ひとつの労働のように聞こえるかもしれない。でも実は、押してる方が、足腰が楽になったりする。岸田家に伝わるライフハックだ。世界一見栄えのよい横着、とわたしは呼んでいる。わたしも弟も、インドア派で脆弱《ぜいじゃく》な足腰をもつ者どもなので、われ先にと押そうとする。姉弟といえど、容赦《ようしゃ》なく早いもの勝ちである。

歩きながら、幡野さんは、わたしたち家族の過去の話に耳を傾けてくれた。

わたしが小学生で、弟が保育園生だったころ。亡き父が、東京ディズニーランドへ連れて行ってくれた。

家族全員で行ったのは、あれが最初で最後だ。移動手段は飛行機でもなく、新幹線でもなく。車だった。8時間かけて、車で神戸から向かった。

モスグリーンの無骨なボルボの後部座席が、その日だけ平らになった。変形ロボットみたいで感動した。わっせわっせと、家からお布団をもち込んだ。弟とふたりでボルボの後部座席に寝転がると、そこはたちまちリッツ・カールトンホテルより気分が高揚《こうよう》するベッドルームになった。

父と母が、かわりばんこで運転する姿を、後ろからずっとながめていた。とんでもなく、ワクワクした。ディズニーランドよりワクワクしたかもしれない。

大人になってから知ったことだが、車で行った理由は「知的障害のある良太が、新幹線や飛行機で長時間移動すると、パニックになるかもしれないから」だった。でも、車を走らせながらＺＡＲＤ《ザード》の『君に逢いたくなったら…』を大声で歌う父と母は、そんな理由など関係なく、心底楽しそうに見えた。

いま、弟は飛行機でも新幹線でも、なんでも乗れるけど。わたしはあんな夜が過ごせるなら、8時間かかる車に、また乗りたいよ。

「アホちゃうか」

父のくちぐせだった。それだけで、賞賛《しょうさん》も、憤怒《ふんど》も、悲哀《ひあい》も、ありとあらゆる感情が表せるといっていた。ミッカンのめんつゆに匹敵《ひってき》する万能さである。

ディズニーランドに着いた父は、テンションが上がりまくって「よっしゃ！　なんでも好きなもん乗るでっ」といった。

その言葉の通り、わたしと弟は大人気アトラクションのプーさんのハニーハントを指さした。3時間待ちという表示を見て、父はやっぱり「アホちゃうか」といった。

何をいまさら。ここは夢の国なのだ。だれもがアホに、ならいでか。

話が違うぞ、とわたしは姉弟を代表して抗議した。

父はしぶしぶ、3時間ならんだ。プーさんを見て「これはいいつくり、しとるわ」と感心していた。つくりとか、いってはいけない。

父は亡くなる少し前から、東京で仕事をはじめた。平日は東京で過ごし、週末は神戸に帰ってくる生活が続いた。

一度だけ、わたしは父をたずねて、ひとりで東京に行ったことがある。

街中を歩いているだけで幼心にも、東京の物価が高いことがはっきりわかった。父が連れて行ってくれた中華料理店のチャーハンの値段は、神戸で食べるチャーハンの2倍もした。

そのとき、わたしは、「親に遠慮《えんりょ》すること」が「親を喜ばせること」だと思い込んでいて。本当はエビチャーハンが食べたいけど、普通のチャーハンを頼んだ。父は「エビ、頼みいや」「ほんまにエビいらんの？」と何度も聞いてくれた。

バカだったなあ。

いまだったら、エビチャーハン、頼んじゃうよ。なんならホタテも乗せちゃってよ。

東京駅のまわりを歩いていると、忘れかけていた家族の思い出がどんどん、浮かび上がってくる。母が入院時代、さんざん通いつめたビームスの看板《かんばん》の光に照らされて、黙々と歩いた。

あのビームスは、神戸の三宮の店舗だった。リハビリがつらい、しんどい、と半泣きになる母のために、わたしはためたおこづかいでTシャツを買っていった。母はそのTシャツを着るだけで、リハビリがちょっと楽しみになった、といっていた。

夜になった。こんなに暗くっちゃ、もう写真なんて撮れないんじゃないか。なんだかもったいなくて、泣きそうな気持ちで幡野さんを見た。幡野さんは「大丈夫、ちゃんと写るから」といった。その後に「たぶん」ともいった。

カメラをのぞき込んだら、ちゃんと、写ってた。やった。

母と弟は今日の新幹線で、神戸に戻る。

これから新幹線の中でふたりが食べるお弁当を選んだ。大混雑のグランスタ東京で、弟は「う〜ん、う〜ん」と悩んだ末、チャーハン弁当（¥682）の前で立ち止まった。そのとなりには、浅草今半の黒毛和牛重ねすき焼弁当（¥1944）があった。

わたしはふと、父と食べたチャーハンを思い出した。弟に「こっち食べてええよ」と、どや顔で、すき焼弁当をすすめた。

弟は、わたしを一瞥《いちべつ》して。

「あっ、いいです」といった。

わかってねえな若ェもんはよォ、とでもいいたげな目線だった。

「なんでそっちのお弁当なん」良太に聞いてみた。

身ぶり手ぶりで、「こっちの方が（量が）多いから」という意図を示された。

そうか、そうか。それやったら、別に、ええんやわ。

あまり知られていないが、東京駅には「車椅子待合所《くるまいす》」という小さな部屋がある。

だれと待ち合わせているわけでもないけど、わたしたちはそこへ入った。

壁に設置されたインターフォンで、駅員さんに連絡する。あとから駅員さんが迎えにきて、新幹線まで車いすのサポートをしてくれるという、ハイカラな仕組みだ。インターフォンのやたら小さく設定された音量に笑いながら、わたしたちは駅員さんを待っていた。粛々《しゅくしゅく》と。

母は、わたしが覚えていない思い出話をした。

わたしが小学生のときだ。

悪さをして母に叱《しか》られたわたしは大泣きした。

「ママは、わたしのことなんか嫌いなんやろ。いらんのやろ」

母はびっくりして、理由をたずねた。

「なんでもかんでも、良太のことばっかり。わたしより良太の方が大切なんやろ」

母は、頭をガーンとなぐられたような衝撃を受けたらしい。母は、わたしと弟を、同じくらい愛していたからだ。

そのころの良太は、本当に手がかかった。急に走り出したり、泣き出したりをくり返していた。障害があるから他の子どもより、成長も遅かった。

「ゴメンね。奈美ちゃんが良太を守れるように、しっかりしてほしくて、ママは叱《しか》っててん。でもそれが奈美ちゃんをさびしくさせてたんやね。ゴメンね」

あのときの自分が本当に情けなかった、と母はいまも苦い顔をする。

それから母は、目に見えるように、わたしに愛情表現をしてくれた。それこそ、アメリカンなオーバーリアクションも辞《じ》さなかった。事あるごとに抱きしめてくれ、事あるごとに「大好き」といってくれた。

奈美ちゃんの家はアメリカの家みたいだね、とか、まわりからはいわれてたと思う。

それからだ。わたしが弟に優しくして、ふたりで仲よく遊ぶようになったのは。

「人を大切にできるのは、人から大切にされた人だけやねんな」

母はしみじみいった。

ちなみに、わたしはこのときの話を、本当に覚えていない。もの心ついたときから、弟は大切な存在で、仲がいいと思っていた。なぜかなんて、考えたことがなかった。

どうしていまになって母がこんな話をしたかというと、幡野さんがたずねてくれたからだ。

「奈美さんと良太さんみたいな姉弟のあり方って、めずらしいと思うんです。いつからそうなんですか？」

最初は、質問にピンと来なかった。

「障害のある兄弟や姉妹をもつ人って、我慢したり、憎《にく》んだり、不仲になったりしてしまう人も多いように思うから」

そういわれたら、そういう人もいるだろうな、と思った。だってわたしも、あのとき母に泣いて訴《うった》えなければ、弟のことを嫌いなまま生きていたかもしれない。

いまの結果は、偶然と母の選択の産物だ。

わたしも知らなかった話を引き出してくれた幡野さんに、心からお礼をいいたい。

駅員さんがやってきた。三連休を終え、重い足どりの人たちが多いホームの上を、母の車いすが軽やかに滑っていく。

新幹線のN700Aにある1323座席の内、車いすに対応する座席は2席しかない。11号車の12Bと13Bという席だ。だから、切符はいつも争奪戦だ。

それなら今日も泊まっていったらいいのにな、と思う日に限って、切符は簡単にとれてしまう。

母と弟を見送って、幡野さんとも別れ、帰路についた。

「蜂蜜《はちみつ》が美味しかった」

幡野さんから連絡があって、すごくうれしかった。

家に着くと、母の車いすが通れるように、すべてのモノというモノを片付けた廊下が、部屋の向こう側まで突き抜けて見えた。

そのせいかな。

部屋ががらんと広い気がして、静まり返った音がうるさくて、わたしは少し泣いた。

「アホちゃうか」と、記憶の中にいる父がいう。

やかましわ。

かきたし

表紙の絵の味

味がある　何味なんか　いうてみい

思わず一句読んでしまうほどには、首をかしげてきた。今までわたしが受け取ってきた最多の褒め言葉は「味がある」だ。褒められているのはわかるが、イマイチ、喜べないのはなぜだ。

写真を見せられるたび「優しそうな人ね」と褒められ続けてきた諸君ならば、この違和感をわかってくれるかもしれない。ちなみにわたしは「長生きしそうね」と褒められたこともある。どういうこと。憎《にく》まれっ子が脳裏をピョンピョンと跳ねまわるように憚《はばか》っていく。

「味がある」を初めて賜《たまわ》ったのは、幼稚園生のときだ。記憶にある限りでは。圧倒的な早熟。おでんの大根ならまだ投入して2分足らずというところ。幼稚園生から一体なんの味がにじみ出てくるというのか。

よく晴れた春の昼下がり、園児よ校庭に散らばり思い思いに絵を描きたまえ、と先生から勅命《ちょくめい》がくだった。絵を描くのは好きでも嫌いでもなかった。無だ。相変わらず、衝動に駆られやすく、飽きっぽさも兼ね備えていたわたしは、ろくに吟味《ぎんみ》もせず、最初に目に入ったものを描いた。校庭のすみっこに打ち捨てられていた、ボロボロのテニスラケットである。

背景に花壇を描くのが面倒で、四つ切の画用紙のいっぱいいっぱいまでテニスラケットをズームアップし、ガットの上半分だけを描くという荒業《あらわざ》をみせた。背景は一度も使わずに余っていたラクダ色のクレヨンで塗りつぶした。

なにを思ったか、仕上げにそのへんの砂をすくって、パラパラと振りかけた。シェフ。完全にシェフの発想。シェフなら意図があるが、そんなものはない。

その絵が、なんと、入選した。こども二科展《にかてん》という由緒正しいコンクールで、全国新聞に名前まで載った。親族一同「神童が出た」と大喜びしていて、わたしも得意げになっていたが、心のどこかでなぜアレが選ばれたのかと複雑な思いであった。

「味がある」

祖父がいった。みんながうなずいた。そうなのか。

授賞式の日。ファミリア神戸本店にて頭からつま先までそろえてもらった一張羅《いっちょうら》を着たわたしは、親族と連れ立って出席した。

会場である立派なホールの前で、何枚も写真を撮ってもらった。

わああああと浮足立つ親族のなかに、父の姿だけが見当たらない。

父は来てくれないだろうかという期待と、どうせ来ないだろうなという落胆が、わたしのなかに同居していた。

我が家でいちばん絵が上手いのは父だった。いちばんといっても所詮《しょせん》、雁首揃《がんくびそろ》えて飽き性な一族でのことなので、それなりだけど。

父は、絵の上手さを仕事に活かすでも、芸術に活かすでもなく、ただただ〝ツッコミ〟に活かしていた。当時、わたしと弟はビデオテープにお気に入りのアニメを撮りためていたのだが、見分けをつけるため、母がラベルに絵を描いてくれた。

その絵が、もう、壊滅的で。

ドラえもんにはヒゲの代わりに虫みたいな触角が6本生えていたし、ザリガニには両目からハサミが飛び出ていた。

それらを目ざとく見つけては、ゲラゲラと笑い飛ばし、

「これはこうやろ、こう！」

サラサラッとそこそこ正しい絵を描いて、母の絵の横に並べ、ヒッヒッヒッと引き笑いするのが父だった。

他にもある。中学校で歴史の試験がある前の晩、覚えたかどうかチェックしたいから、問題を出してほしいと父に教科書を渡したときのことだ。

「建武の新政をはじめた天皇は……」

「後醍醐《ごだいご》天皇！」

意気揚々と答えるわたしに、父は目を細めた。

「……ですが、その後醍醐天皇の顔を描きなさい」

「えーっ。出るわけないやん、そんなん」

「アホぬかせ。顔ぐらい描けて、初めて暗記できたといえるんや」

うろ覚えで王冠に梅干しのようなものを乗っけた老人を描いたら、やはりゲラゲラと笑われた。父が後醍醐天皇を描いた。微妙に似ているのが、非常に悔しかった。

そんな具合で、なににおいても父は器用だった。頭の回転も、足も速かったので、若き頃は野球部のエースでキャプテンだったらしい。

だが、そのいかなる器用さも、娘に伝授することはなかったし、娘を褒めることも滅多になかった。

運動も芸術も笑い転げるためならいいが、子どものお遊びレベルにはまったく興味がないらしく、父は立ち上げたばかりの仕事の方に夢中で、わたしの運動会も音楽会も観に来なかった。いや、来てはいたか。わたしの出番に見向きもせず、好物の詰まった弁当だけかっ食らい、わたしの頭をワシャワシャと撫《な》でながら「ほな頑張ってくれい！」と言って早々に姿を消し、母もあきれていた。

そういう父である。

二科展の授賞式にも、どうせ来ないだろうなと思っていた。それでもわたしが、ホールの玄関までつながる、黄金に染まったイチョウ並木のトンネルを何度も振り返ったのは、どこかで期待していたからだろう。

「ほら、奈美ちゃん。もう始まるで」

母に急かされてホールに向かおうとした、そのときだ。イチョウがはらはらと舞う道の向こうから、父がゆっくり歩いてくるのが見えた。

結局、例の絵のどこが良かったのか、理屈は持てないままだけど。あのとき、父は来てくれた。その事実だけを、はっきり覚えている。

あれから24年後。

絵の代わりにわたしは、文章を書いていた。そして一冊の本（あなたが手にとっているこれの単行本版）にしてもらう機会にまで恵まれた。思いもしなかった、作家デビューだ。表紙をどうしようかと考えていると、編集の酒井さんが「岸田さんが描くのはどうでしょう。味があると思います」といった。味よ、またお前なのか。

なんとなく気乗りしないまま描いてみると、やっぱり「味がある」と褒められた。何味なんだろう。ペロッと舐《な》められたらいいのに。しかし、今度は、装丁担当の祖父江慎さんも褒めてくれた。ブックデザイン界のレジェンドがいうそれは、親族が苦し紛れに言うそれとは手触りが違う。信じていいのかも。

装丁を打ち合わせるなかで、本文ページにイラストをたくさん忍ばせるのはどうか、というアイデアが出た。その数、20点以上。期待されたわたしは張り切って、ともかく絵を上手くなろうとした。

提出の期限は1か月後、付け焼き刃でしかなかったが、イラスト教室に通い、仲のいい漫画家に相談し、流行りのキャラクターをまね、最新の液晶ペンタブレットという機械まで駆使して描いた。

何点か描いて送ると、祖父江さんから2枚の紙が戻ってきた。なんだろうと開けてみると、そこにはわたしの絵に鉛筆でびっしりと、祖父江さんが書き込みを入れていた。

一番上に「がんばりましょう」と書かれている。

にっこり微笑む祖父江さんの自画像があって、あやうくホッコリしかけたが、よく見ると手に鞭《むち》を持っていた。見間違いかと思ったが、丁寧に「→むち　です」と説明もあった。む、鞭だ。鞭の知。

書き込みはほとんど、なおしの指示だった。

「デザイン的にせず、ちゃんと見て描きましょう」「タッチが硬いから優しく、一本ずつゆっくり線を引きましょう」「デジタルではなく、紙に鉛筆で描いてみましょう」「エッセイに書けなかった情景が浮かぶようなシーンを選びましょう」「靴を履かせてあげましょう」などなど。

いまこうやって読み返せば、なんて親切な言葉の数々だろうと思うが、そのときのわたしは余裕がなかった。慣れない作家の仕事に追われながら、ちょっと混乱していた。

返ってきて、なおして、返ってきて、なおして。作風なんてものもないから、どこを目指すのが正解かわからず、毎回「これが流行ってるから寄せてみようか」「あえて雑な感じで描いてみようか」と迷走していった。

ある日、なおしの連絡が、ピタリと止まった。

デザインの仕事をしている知人に助けを求め、これまでに送った絵を見せたら「うーん……どうなおしてもダメになってくから、もうなんともいえないんじゃないの」といわれた。わたしは丸一日、寝込んだ。

20点描くはずだったイラストは難航し「ええとね、やっぱり、無理はやめましょうか」と祖父江さんが微笑みながら方向転換をしてくれた。プレッシャーから解き放たれたのはありがたかったけど、恥ずかしさと情けなさでいたたまれなかった。あんなに教えてくれたのに。

そのあと、弟がページ番号（ノンブル）になる数字を描いてくれたのだが、弟の方は大評判だった。数字がかわいいとツイッターで話題になり、それだけで単行本の発売前に予約で売り切れ、重版までかかった。姉のメンツよ。

表紙はだれが描くんだろう。だれだっていいや、わたしより良い絵なら。

投げやりな気持ちで、祖父江さんから送られてきた表紙の図案を見た。

白い背景の真ん中に、わたしの絵が、ドンッ。

目を疑った。

あれこれ自分で工夫をしてみるずっと前、最初にわたしが一発描きした絵だった。なぜその絵が選ばれたのか、理由はなんとなく聞けずじまいだったけど。それでも、表紙に選ばれたという事実を、ふとした瞬間にも思い出す。イチョウ並木がなぜか重なる。

先日、雨の降る京都で、写真家の幡野広志さんにカメラを教わった。わたしはどうもそっちで芽が出そうにないのだが、大切なことを知った。

「上手な写真より、下手な写真を目指すといいよ。正確には、下手だけど、いい写真ね」

下手だけど、いい写真。ふしぎな響きだ。

上手というのは、カメラの技術や知識のこと。いいというのは、その人が見たもの、感じたことが、フッと伝わってくる写真のこと、だそうだ。

「いい写真を撮るには、どうすりゃいいんでしょうか」

大徳寺の近くのあぶり餅屋で、はふはふいいながら、幡野さんにたっぷり教えてもらったけど。一言でいうならそれはつまり、素直さ、ということらしい。

父はわたしの絵を褒めなかったけど、「お前は天才や」とざっくり極まりないことをつぶやいては、わたしをいろんな場所へ連れていってくれた。なんでも父にひっついていって、いいと思うものを知りたいという、わたしの素直さを褒めてくれていたのか。

きっと、祖父江さんたちもそうだった。直筆のなおしには、深い愛があった。どうすれば上手に見えるかではなく、どうすればわたしの良さが出るかを、考えてくれたのだ。アホなわたしはそれに気づかず、誰かのマネをして、小手先を磨いて、褒められたいと思っていた。

ああ、上手といいの違いを、もっと早く知っていたらな。

でも、味はゆっくり染み込んでいくものだ。おでんの大根みたいに。

「味がある」は何味なのか、まだまだ、さっぱり説明ができない。説明ができない何かが、祖父江さんや幡野さんたちと出会うたび、ひとつ、ひとつ、わたしに染み込んでいく。一度にひとつの山にしか登れないように、一度にひとつの味しか染み込まないのかも。

そうして重なり合った複雑な味は何味でもなく、滋味、とでも表すんだろうか。わたしは、少しずつ、滋味深いわたしになれているだろうか。

あとがき

自分の幸せはさておいて、他人の幸せを考えられるのが、立派な大人だと思っていた。優しくて明るい母、愉快でいいやつな弟、とにかくおもしろい父から、怒られもせず、多大に愛してもらってきたわたしは、他人から嫌われることが怖かった。

だからできるだけ、他人から嫌われないように、気をつかって生きていた。作家になってから、世に出し続けてきた文章についても、そうだった。

だれからも嫌われず、だれもを幸せにできる、そんな岸田奈美になりたかった。

だけど、そんなのは無謀だったとすぐに気がついた。どんなにまっとうですばらしいことを書いたとしても、読んだ人の受けとり方を変えること、ましてやわたしを愛させることなんて、できないと気づいた。

ごくわずかだけど、深い悲しみと憤《いきどお》りがにじんだ感想のメールが届《とど》いて、心にとげみたいなものが刺さり、文章を書くことが怖くなったこともある。だれも悪くないし、ほとんどの人は温かく見守ってくれているし、気にしないでおこうと思えば思うほど、どうやってとげを抜けばいいかわからなくなった。

湿度がやたら高くて、蒸し暑い夜。応援してくれている人たちが、波が引くようにいなくなってしまう、いやな想像をしてしまった。わたしの文章が、わたしのあずかり知らぬところで、だれかを傷つけ、嫌われてしまったらどうしよう。新聞配達のバイクの音が聞こえるまで、ぐるぐると考えた結果。こんなに苦しく思うのは、心のどこかでわたしはみんなから好かれて当然、って思い上がっていたからなのではないか。傷ついてしまうわたしのことも、それでも好かれたいと願ってしまうことも、心底いやだなと思った。

暗い話だと思うかもしれないが、実は、わたしの人生の展開は異常に速い。翌日にはもう、明るい光が差すようになっていた。

ある人が、わたしにいってくれた。

「岸田さんが苦しいのは、いまの岸田さんを好きになれていないのかもしれない。自分が嫌いだと、他人に評価を求めようとするからね」

そのとおりで、なにもいえなくなった。わたしだって、自分のことを好きになりたい。それなのに自信がもてないし、なにより、自分が大好きというのは立派な大人からほど遠いような気がした。

だけど、思い返してみれば、好きな自分でいられるときほど、他人に優しくできている。好きな自分でいられるというのは、行動や考えに確固たる自信をもっていて、見返りがなくとも愛をわけあたえられる状態だ。自分が幸せでなければ、他人の幸せなんて考えられない。

じゃあ、どうすれば、自分のことを好きになれるんだろうか。ぼんやりと悩みつづけて、いろんな人と話し、いろんな本を読んで、浮かび上がった答えは「好きな自分でいられる人との関係性だけを、大切にしていく」だった。

わたしは、頭にいろいろな名前と顔を思い浮かべた。この人の前なら、自分らしくいられる。この人にならば、なんでもいえる。この人となら、どこまでだっていける。わたしは、大好きな自分でいるために、大好きな人たちといることを選ぼうと、心に決めた。また思い通りの文章が書けるようになっていた。

この本には、そんな愛すべき関係性がつまっている。文章のなかに登場してくれた方々、100回生まれ変わってもめぐりあえないような縁をつないでくださった方々がいたから、こんなにたくさんの愉快な話を書くことができた。

「嫌われて傷つくのは、奈美ちゃんが優しいからや。人の役に立ちたい、笑わせたい、そのためにがんばってる奈美ちゃんをだれよりも誇りに思う」と、いってくれた母。字が書けないのに、練習してこの本の単行本版のノンブル文字（ページ番号）を書いてくれた弟。見えないどこかでこれを読んでるであろう、父。

どんなときもおもしろがって伴走してくれる佐渡島さんと武田さん。書いたわたしですら自覚していないような文章の細かな強さや美しさを、ていねいにほめてくれた小学館編集の酒井さん。

そして、この本を手にとってくださった皆さんがいたから、わたしは、わたしのことを大好きでいられます。作家になって、ほんとうによかったです。これからもどうかひとつ、よろしくお願いします。

二〇二〇年　岸田奈美

文庫あとがき（おかわり）

この本に載っているエッセイを書いたのは、二年半前。

二年半もあれば、いろんなことが変わる。

まず東京から京都へ住居を遷都《せんと》した。母は二度も大手術をし、胸と腹でそれぞれ縫った線が一直線に繋《つな》がってしまい「アジの開きならぬ、ママの開きや」とベソをかいた。

弟はグループホームで暮らしはじめ、一発ギャグを交換する友人もできた。

ミャンマーでオカンがぬすまれたかもしれないエッセイは、あれから中国で人気を博し、タイ、インド……と海を渡ってミャンマーまで届いたのち、京都大学の入試問題として日本に戻ってきた。

櫻井翔《さくらいしょう》さんとは東京2020パラリンピックの中継番組で奇跡的に再会し、「読みましたよ」と微笑まれ、あやうく気絶しかけた。

タンスの上に置いてあった父の仏壇は、ようやく父の死と向き合えるような気がするからと、車いすに乗っている母の目が届くところまで降ろされた。

あとは、なんと言っても、この本がＮＨＫで連続ドラマ化されることになった。ちょうど、これを書いている間にも、冬の澄み渡る街のなかで撮影が行われている。本名と役名はすこし違うけど、わたしを河合優実さん、母を坂井真紀さん、父を錦戸亮さん、弟を吉田葵さん、祖母を美保純さんが演じてくださる。

制作決定の一報をもらったとき、それはもうびっくりだった。さらに、岸田家の物語をそっくりそのまま映像にするのではなく、想像と創作をくわえてつくるという。

いったい、どうなってしまうのか。

送られてきた台本を読んだ瞬間、ことばでは言い表せない期待がわき上がった。

わたしはこの本に、わたしのすべてを記したわけじゃない。まだ書けなかったこともあるし、書こうと思うことすらできなかったこともある。優しさを素直に受け取れず、縁が途切《とぎ》れてしまった人たちの顔も浮かぶ。ほのかな苦い後悔は、わたしが未熟だったから。

台本のなかの岸田奈美は、あの時わたしが言い残したことばを発し、やり残したことを手にし、途切れかかった縁をつないでくれていた。それは、どこにもだれにも語ったことのない、わたしが歩んでみたかったもう一つの人生だった。

「となりの人生」とも言える。いつだってすぐとなりにあって、これからもとなりで並んで歩き続けてくれる、親しくて愛しい人生。

この本が、スタッフのみなさんに想像と創作を授けてくれたことが、とにかくうれしい。

二年半前と、ちっとも変わらないこともある。

ちょうど先週も、ふるさと納税で頼んだまま忘れていた生花が何束も届いてしまった。父が住んでいた街の小説も、書こう書こうと決意しながら書けていない。思いもしなかった試練が小雨のように降りかかってくるけど、まあ、いまもゲラゲラと笑ってなんとか生きている。

ふとしたときに「ありがとう」と言いたくなるのは変わらないけど、言いたくなる数と出会いがグッと増えた。

ちょっと小さくなって、ちょっと分厚くなったこの本を、手にとってくれたあなたとの出会いにも。

どうもありがとう。

二〇二三年　岸田奈美

解説

一穂ミチ

作家もすなる解説といふものを我もしてみむとてするなり。

……という気持ちで机に向かっているのですが（何しろ生まれて初めて解説文のご依頼をいただいたので）、どうも進みがよろしくありません。岸田さんの文章が悪いわけではもちろんなく、わたし自身の心持ちの問題です。「解説」というスタンスでいるからには、この本を読んだ方、これから読まれる方に向けて書かねばならないわけですが、わたしがいちばん声を大にして呼び掛けたいのは、この本を読んでいない方、これからも読まないつもりの方だからです。

昭和の世には「巨人・大鵬《たいほう》・卵焼き」というフレーズが流行ったと聞きます。人気者の代表ですね。わたしが令和に提唱したいのは「ハワイ・ディズニー・岸田奈美」であります。語呂もばっちり。なぜこの三つを並べるのかと言いますと、「一度でも体験した人の多くは大いにハマるが、そうでない人は斜めに見がち」という共通点を感じるからです。「あ〜、みんな好きだよね（笑）」みたいな。さんざんいろんなところで取り上げられているからわかってますよ、ともなりがち。

でも、ハワイのあの光と空気、ディズニーリゾートの世界観とホスピタリティは実際に訪れてみないとわからないし、行ってみれば、たくさんの人を虜《とりこ》にしている理由はすぐにわかるでしょう。青い海だけがすばらしいんじゃない、アトラクションやパレードだけに魅了されるんじゃない。人々に愛されてきた土地の記憶みたいなものが積み重なり、ハワイやディズニーの魔法は成立している。この本は、岸田さんが愛し愛されてきた、彼女を形づくってきた記憶の蓄積です。

「家族だから愛したんじゃなくて、愛したのが家族だった」というタイトルからふいと目を逸《そ》らしたくなってしまう人、「障害のある家族との、笑いと涙に溢《あふ》れた奮闘記」的な惹句《じゃっく》に後ずさってしまう人、いるでしょう。いるよね。だってわたしもそうだから。note《ノート》でバズりにバズっていたブラジャーの記事（「黄泉《よみ》の国から戦士たちが帰ってきた」）を目にしたのがきっかけで岸田さんの文章にどんどん引き込まれていったけれど、前述の要素を最初に知っていたら避けたと思います。読まず嫌いで終わらずにすんだ自分はラッキーでした。

家族というスネ（＝秘密）に傷持つ人は結構いて、傷の大小も深さも千差万別です。ある人にとっては勲章であり、またある人にとってはじゅくじゅくのレアな患部であり、またまたある人にはできたての頼りないかさぶただったりします。そして、よそんちの心温まるエピソードなど見聞きしてしまうと、その傷を指先でやわらかく掻《か》きむしられそうで怖い、という人も、確かにいます。わたしは、そんな彼らに「大丈夫だよ」と伝えたい。きらきらの、ありふれた「愛と奇跡の物語」じゃない。「まずは奈美より始めよ」と言わんばかりの勢いで荒野のような現実に飛び出し、なりふり構わずもがいて、土の中から希望とネタを引っこ抜いてくる泥んこファイターのクロニクルでもあるから。

……と書くと、すんごいパワータイプの女傑を想像されてしまうかもしれませんが、岸田さんの基本的性質はすごく繊細で、関西弁で言うところの「気にしぃ」とか「気ぃ遣い」の女性だと思っています。そして過剰なまでのサービス精神を全方位に発揮するあまり時に消耗し、自分の身の回りに関してはいろいろ抜け落ちてしまったり。そういう愛すべきチャーミングな人物像は、わたしがくだくだ語るより、本書を一読すればすぐにわかるでしょう。

「倒れる時は前のめり」「死ぬこと以外かすり傷」、そんなふうに豪快に生きられたらきっと楽しい。でも現実は、自分の後ろに守るべき人がいるからおちおち倒れていられないし、かすり傷でも死ぬことだってある。時には言葉ひとつ、態度ひとつでも。時には愛情ややさしさによってさえ。大病をして、一命は取り留めたものの、車椅子での生活を余儀なくされた母・ひろ実さんの「ほんまは生きてることがつらい。ずっと死にたいって思ってた」という告白に「ママ、死にたいなら、死んでもいいよ」と応えた岸田さんは、それをよく知っています（「母に『死んでもいいよ』といった日」）。本当に、痛いほど、ていうか、現実的な痛みをもって。

岸田さんがレギュラー出演している大阪の報道番組をよく見るのですが、岸田さんの出演日には、障害やマイノリティを扱った特集がよく流れます。「岸田さん、どうですか」とMCからコメントを求められると、岸田さんは誰を責めるわけでもなく、行政の課題や当事者たちが求めている支援をいつも冷静に指摘していました。

ある日、障害を持つ息子さんと暮らすお母さんの苦悩が取り上げられました。国や自治体のフォローは行き届かず、周囲の理解もなかなか得られず、よるべないふたりが夕暮れた公園のベンチで並んで座る姿を見て思わず涙がこぼれたのですが、スタジオの岸田さんはわたしの比じゃなくべしょべしょでした。スタッフから差し出されたティッシュで目元を拭いながら、自分の愛する家族が社会のお荷物として扱われることがどんなにつらく悲しいか、懸命に訴えていました。世界から弾かれ、こぼれ落ちてしまう恐怖。どんなに頑張っても、自分の力だけでは繋《つな》ぎ止めきれない無力感。彼女は我々が外から見ているよりもずっとずっと、たくさんのものと対《たい》峙《じ》しているのだと痛感しました。

岸田さんは、弟の良太さんにこう語りかけます。

さあ行け、良太。
行ったことのない場所に、どんどん行け。
助けられた分だけ、助け返せ。
良太が歩いたその先に、障害のある人が生きやすい社会が、きっとある。
知らんけど。

（「弟が万引きを疑われ、そして母は赤べこになった」）

結びの「知らんけど」に込められた、ふるえるような祈り。決して大雑把な開き直りではなく「このささやかな希望は叶わないかもしれないけど、それでも」と、揺れる願い。障害のある人が、世間という顔の見えない存在に「認めてもらう」とか「受け入れてもらう」とか、そんな関門を経ず、それぞれに「できること」を持ち寄って生きていける世の中で良太さんが暮らせるように。こんな痛切な「知らんけど」があるでしょうか。知らんけど。

ここまで書いて、改めて本書に目を通してみると、ひとつひとつのエピソードの濃さもさることながら、それを克明に描写している岸田さんの記憶力には凄まじいものがあるな、と思いました。

「Google《グーグル》検索では、見つからなかった旅」での旅行代理店の担当者とのやり取り、ファービーやマックにまつわる、亡き父・浩二さんとの思い出（「先見の明をもちすぎる父がくれたもの」）。いくらかの補正がかかっていることを差し引いても、過去の話とは思えない臨場感で活写されていて、目の前で会話が繰り広げられているかのような錯覚を覚えました。何が起こり、誰とどんなふうに話したのか、相手の表情や口調は。それに対して自分は何を感じたのか。これは、メモを取れば後からでも書ける、というものではなく、岸田さんの類《たぐい》まれな才能だと思います。彼女の脳内では、映画「インサイド・ヘッド」みたいに、何人ものリトル奈美が目まぐるしく立ち働いているに違いありません。アンテナを張り巡らせるリトル奈美、身体に「行ってみなはれ」「やってみなはれ」と指令を出すリトル奈美、外界からの刺激を敏感に受信するリトル奈美、体験を噛《か》み砕き、分析し、再び外界へとフィードバックするリトル奈美。

みんなが当たり前にできることが、できない。
守るべきルールが、守れない。
どうにかがんばってみても、失敗ばかり。
ああ、わたしは、他人に迷惑《めいわく》をかけるために生まれてきた非常識人間だ。
そんなコンプレックスとともに、ずっと、生きづらさを感じていた。

（「どん底まで落ちたら、世界規模で輝いた」）

社会にうまく適応できない苦悩を岸田さんはこのように吐露《とろ》していますが、そらそうやろ、と思います。脳のリソースをエピソードの蓄積と咀嚼《そしゃく》に割いているのだから、どこかでエラーが出るのは当然です。「わたしには『忘れる才能』があった」とも書かれていますが（「忘れるという才能」）、それは取捨選択を担当するリトル奈美の、サバイバル手段じゃないでしょうか。こんなにも鮮やかに、何もかもを憶《おぼ》えているのはつらすぎるから。


愛しいなあ、と思った。そして気がついた。わたしは忘れるから、書こうとするのだ。

後から、情景も、感動も、においすらも、思い出せるように。つらいことがあったら、心置きなく、忘れてもいいように。父のときみたいに、もう忘れたりしないように。どうせ後から読み直すなら、苦しくないよう、少しばかりおもしろい文章で書こうかと。

無意識にわたしは、選択していたのだと思う。（同）

この本は、岸田さんが愛し愛されてきた、彼女を形づくってきた記憶の蓄積です。同時に痛みやままならなさの蓄積でもあります。岸田さんは、何もかもを、惜しまず書き尽くそうとしている。「この人、そんなに晒《さら》け出してしまって怖くないんだろうか」と、わたしは幾度となく思ってきましたが、彼女にとっては、忘れてしまうことのほうが恐ろしいんでしょう。時にはハードモード極まりないこの世界で、人のやさしさも無情も、出会いも別れも、手元に留めおき、慈しむために書く。だから、嘘やごまかしはいらない。自分の弱さや失敗でさえ、手加減なしに書く。それは露出でも露悪でもなく、強いて言うなら「露光」かもしれません。暗がりに押し込んでいたら見失う、生傷《なまきず》だらけのいとおしい日々を、光に晒して、焼きつける。

これを見たあなたが、笑ってくれますように。自分や誰かを愛するよすがになれますように。人生は生きるに値すると、一瞬でも思ってくれますように。たとえ、あなたがわたしを好きじゃなくても。

きっとそんなふうに願いながら。

うん。見たよ。笑ったよ。どうもありがとう。これからも、見せてね。

（いちほ・みち　作家）

本書のプロフィール

本書は、二〇二〇年九月に小学館より単行本として刊行された作品を改題・加筆して文庫化したものです。

小学館文庫

家族《かぞく》だから愛《あい》したんじゃなくて、愛《あい》したのが家族《かぞく》だった +かきたし

著者 岸田奈美《きしだなみ》

二〇二三年四月十一日 初版第一刷発行

発行人 青山明子
発行所 株式会社 小学館
〒一〇一-八〇〇一
東京都千代田区一ッ橋二-三-一
電話 編集〇三-三二三〇-五六二三
販売〇三-五二八一-三五五五
印刷所――――図書印刷株式会社

ISBN978-4-09-407246-4
JASRAC 出 2301268-301